UN FAVOR ENTRE AMIGOS
Carole Buck

 publicado por Harlequin

NOVELAS CON CORAZÓN

Editado por HARLEQUIN IBÉRICA, S.A.
Hermosilla, 21
28001 Madrid

© 1996 Carol Buckland. Todos los derechos reservados.
UN FAVOR ENTRE AMIGOS, Nº 636 - 21.8.96
Título original: Peachy's Proposal.
Publicada originalmente por Silhouette Books, Nueva York.

I.S.B.N.: 84-396-5081-7
Depósito legal: B-20373-1996
Editor responsable: M. T. Villar
Diseño cubierta: María J. Velasco Juez
Composición: M.T., S.A.
Avda. Filipinas, 48. 28003 Madrid
Fotomecánica: PREIMPRESIÓN 2000
c/. Matilde Hernández, 34. 28019 Madrid
Impresión y encuadernación: LITOGRAFÍA ROSÉS, S.A.
c/. Progreso, 54-60. 08850 Gavá (Barcelona)
Fecha de impresión: Junio-96

Distribuidor exclusivo para España: M.I.D.E.S.A.
Distribuidor para México: INTERMEX, S.A.
Distribuidores para Argentina: interior, BERTRAN, S.A. / Buenos
Aires y Gran Buenos Aires, VACCARO SÁNCHEZ y Cía, S.A.
Distribuidor para Chile: DISTRIBUIDORA ALFA, S.A.

Prólogo

Poco después de las nueve de la noche del tercer sábado de abril, Pamela Gayle Keene, a la que casi todo el mundo llamaba «Peachy», recogió el ramo de novia arrojado por la recién casada señora Matthew Douglas Powell. Según la tradición, eso significaba que estaba destinada a ser la próxima mujer que se casaría de entre las allí presentes.

Sin embargo, menos de veinticuatro horas después de haber capturado las ornamentadas flores por las que tantas habían suspirado, Peachy se encontró aferrada al presagio floral de su feliz destino, contemplando la posibilidad de morir soltera.

Y no sólo soltera. Oh, no. Pamela Gayle Keene jamás había hecho el amor con un hombre.

Aunque Peachy era consciente de que por ser virgen a los veintitrés años en muchos círculos sociales se la calificaría de bicho raro, normalmente no le daba mucha importancia a su carencia de experiencia sexual. El anuncio por los altavoces de que el avión en el que volaba había sufrido un fallo mecánico y que se procedería a un aterrizaje de emergencia en el aeropuerto internacional de Nueva Orleans cambió las cosas. De pronto la trascendencia de su estado civil se registró como una enorme amenaza en su radar emocional.

Su primera reacción ante la emergencia, anunciada por el piloto en un tono tranquilo y lánguido,

3

fue de pánico. Se le aceleró el corazón. Se le hizo un nudo en el estómago. Se le secó la boca. Empezaron a sudarle las palmas de las manos.

—Oh, Dios... —susurró en una temblorosa exhalación—. Oh... Dios mío.

Se llevó la mano al cuello, buscando instintivamente el colgante de plata que llevaba desde hacía casi diez años. Era un preciado recuerdo de la primera boda a la que asistió en su vida, y el emblema de una experiencia que había compartido con dos mujeres muy especiales. Al tocarlo disminuyó su terror, sólo un poco.

Una mujer al otro lado del pasillo empezó a sollozar cuando el piloto terminó de hablar. Un hombre que estaba sentado detrás de ella empezó a rezar en un idioma que no entendió. En la parte delantera, los asistentes de vuelo iniciaron rápidamente una detallada demostración de los procedimientos a seguir ante la emergencia.

—Después de que aterrice el avión... —decían, precediendo cada instrucción.

Después.

No si.

Y ni la más mínima insinuación a que la nave podía muy bien acabar estrellándose en la pista y estallando en mil pedazos.

Aún así, Peachy apreció la actitud positiva de la tripulación. Y cuando terminaron de explicar cómo salir del avión por las rampas inflables, el miedo de Peachy había dado lugar a una curiosa calma. No era una resignación pasiva a lo que podía suceder, no, ése nunca había sido su estilo. Más bien era una sensación de serenidad que provenía directamente de su participación en la boda de esa tarde. Esa boda había sido un acontecimiento incandescentemente

4

feliz, una celebración del compromiso matrimonial entre un hombre y una mujer cuya amistad de toda la vida se había transformado inesperadamente en pasión. Todas las personas allegadas y queridas por Peachy habían estado allí, compartiendo las sonrisas de felicidad y las lágrimas sentimenales. Si le había llegado el momento, si el avión se estrellaba, era profundamente reconfortante para ella pensar que todos sus seres queridos la recordarían en el contexto de ese acontecimiento de afirmación de la vida.

Y en cuanto los recuerdos a los que podía aferrarse en los que podían ser sus momentos finales...

Estaba el resplandor que había visto en los ojos de Annie y Matt cuando se habían dado la vuelta en el altar, después de la ceremonia, mirando al mundo como marido y mujer.

Estaba el perdurable cariño que había sentido que emanaba de sus padres, que pronto celebrarían su treinta y ocho aniversario, cuando habían bailado juntos en la recepción.

Y por encima de todo, estaba la emocionada alegría que había percibido en la voz de su hermana mayor, cuando Eden le había dicho que ella y su marido, Rick, iban a tener un bebé en octubre.

—Oh, Eden —había susurrado ella, a punto de echarse a llorar.

Sabía lo desesperadamente que su hermana y su cuñado deseaban tener un hijo. También sabía cuántos expertos en fertilidad habían declarado que sus posibilidades eran prácticamente nulas.

—¿Te gusta la idea de ser tía? —le había preguntado la futura madre.

—¿Que si me gusta? —había repetido ella, abrazando a su hermana—. ¡Me encanta! Es mejor incluso

que ser una de las damas de honor cuando Rick
y tú...

—No lo lograremos —gimoteó repentinamente la
mujer que sollozaba al otro lado del pasillo—. Vamos
a morir.

La curiosa calma de Peachy se estrelló contra la
cruel realidad y se quebró. Las lamentaciones sur-
gieron como un torrente. Los sueños en perspectiva
se convirtieron en sueños irrevocablemente negados.
Una vida de veintitrés años que sólo momentos antes
parecía rica y gratificante, dio lugar a una existencia
vacía, de oportunidades perdidas.

Si hubiese...

Demasiado tarde.

Y entonces Peachy cayó en la cuenta repentinamente. *Iba a morir sin haberlo hecho.* Sus dedos apre-
taron el ramo de novia. Era curioso como reaccio-
naba la mente humana en momentos de tensión.
Pamela Gayle Keene tenía millones de razones mara-
villosas para desear vivir, y ella se aferraba a la idea
de que tenía que sobrevivir para poder conocer el
sexo. Una obsesión que nació en un instante.

Y como si algún remilgado espíritu estuviese oyén-
dola, se aseguró a sí misma que no necesitaba mucho
sexo. Una vez con un hombre sería suficiente.

Peachy sintió que le ardían las mejillas. Era una
sensación familiar. Junto con el cabello de color
incandescente y una piel blanca cubierta de pecas,
se ruborizaba con facilidad desde que era pequeña.

El piloto volvió a hablar a través de los altavoces.
Informó de la situación del avión y ordenó a la tripulación que ocupara sus asientos y se abrochasen
los cinturones de seguridad. Mientras su voz imperturbable era alentadora, el uso de la palabra «final»

al describir su aproximación al aeropuerto pareció poco acertado.

Respirando hondo, Peachy se inclinó hacia delante para adoptar la postura de emergencia, colocando la cabeza entre las rodillas.

Su larga cabellera pelirroja cayó hacia delante, acortinando su rostro.

Su mundo quedó reducido a fragmentos de detalles sensoriales.

El agudo pinchazo de la hebilla metálica del cinturón de seguridad en su estómago.

La dulce fragancia de las flores mezclada con el rancio olor del terror mortal.

El frenético palpitar de su pulso.

Los rostros de sus familiares y amigos cruzaron rápidamente su mente.

Peachy entrelazó las manos en su nuca como les habían dicho los asistentes de vuelo que hicieran. Volvió a respirar hondo, apretó los ojos, y esperó.

Y esperó.

Y siguió esperando un poco más.

Un segundo antes de que el avión chocase contra la pista de aterrizaje, Pamela Gayle Keene hizo el solemne juramento sobre su futuro sexual.

Poco después, en medio de las preguntas que le hacía un conocido presentador de televisión, se dio cuenta de que la realización de ese solemne juramento iba a requerir la cooperación de una segunda parte.

Eso hizo pensar a Peachy...

Capítulo Uno

Lucien «Luc» Devereaux, descendiente de una adinerada familia de Lousiana, venida a menos, y veterano del cuerpo de operaciones especiales del Ejército americano, convertido en un famoso novelista, había recibido proposiciones de muchas mujeres desde su iniciación sexual a los dieciséis años. Pero la proposición que le hizo Pamela Gayle Keene cinco días después de haber sobrevivido a un aterrizaje de emergencia, lo dejó momentáneamente sin palabras.

—¿Que quieres que yo haga *qué*? —consiguió preguntar finalmente a su inquilina pelirroja.

Luc había reconvertido su mansión en un edificio de apartamentos en Prytania Street.

—No tiene tanta importancia —respondió Peachy, sosteniéndole la mirada, a pesar de que empezaba a ruborizarse.

—¿Despojarte de tu virginidad no tiene importancia? —repitió él con tirantez.

Luc observó que Peachy ocultaba sus ojos verdes bajo sus largas pestañas cubiertas de rimmel. Al cabo de un momento, ella se llevó la mano al cuello y se puso a juguetear con un colgante que llevaba. El rítmico manoseo del colgante tuvo un extraño efecto en el ya de por sí errático pulso de Luc.

Estaban en el apartamento de Peachy. Ella le había

hecho subir al volver de trabajar, tras cruzar unas palabras en el vestíbulo del edificio.

—Necesito que me hagas un favor —le había dicho ella simplemente, mirándolo con sus ojos claros y cándidos.

—Procuraré complacerte, cielo —había respondido inocentemente él, con su espontánea sonrisa.

Ya en su apartamento, su conversación había sido alegre y risueña, hasta que finalmente él le preguntó qué podía hacer por ella. Peachy le había respondido sin rodeos.

—No creo que *despojar* sea la palabra adecuada —declaró Peachy repentinamente, bajando la mano del colgante—. No soy tan... tan...

—Anticuada —le propuso Luc con ironía.

Ella arqueó las cejas y lo miró de una forma que él no supo interpretar. Una mezcla de irritación, impaciencia, timidez... se reflejó en sus ojos.

—No es que quiera conservarla —respondió ella.

—Cierto —dijo él con una carcajada carente de humor—. Estás ofreciendo algo.

Hubo una pausa.

—Eso es —dijo Peachy, y añadió—: A mí.

Hubo otra pausa, seguida de una serena afirmación.

—De modo que la próxima vez que te enfrentes a la posibilidad de morir, no te enterrarán con la intriga de saber por qué se le da tanta importancia al asunto.

Los ojos de Peachy relampaguearon de nuevo con determinación.

—Más o menos.

—Y sería una sola vez, sin ningún compromiso.

—Sí.

Luc aspiró profundamente, luchando con un arrebato de ira. No sabía si iba dirigido a ella o a él. Cuando pensó que podía fiarse de su voz, dijo:

—No.

Peachy se puso rígida, levantando la barbilla.

—¿No?

—No —repitió él, acentuando la negativa con la cabeza.

—¿Quieres decir... —Peachy tragó saliva—... que no quieres hacerlo?

Luc sintió que se le contraían los músculos del abdomen. No era indiferente al atractivo de Peachy, aunque estaba lejos de ser su tipo. Prefería a las rubias con experiencia y a las morenas exóticas, no a las pelirrojas etéreas... pero había sentido una poderosa atracción el día que ella había aparecido en la recepción para alquilar el apartamento de abajo. Pero él no había querido buscarse complicaciones, liándose con una inquilina.

Luc hizo una mueca, y se pasó la mano por el pelo.

—Mira, cielo —dijo, apartando la mirada—, no es nada personal.

Luc se dio cuenta de lo absurdo de sus palabras, y la miró, sorprendiéndose de que ella ya no lo miraba. Contemplaba sus pies, y Luc tuvo la molesta sensación de que se había olvidado de él, y estaba estudiando su próxima opción para su desfloración.

El instinto de conservación que Luc Devereaux había desarrollado en sus treinta y tres años de vida, le decía que se largara. Pero no pudo.

—¿Peachy? —preguntó al cabo de un momento, consciente del latir de su corazón.

Ella dio un respingo y levantó los ojos hacia él.

—Lo comprendo, Luc —dijo Peachy serenamente—. Y... bueno, agradezco que seas honesto conmigo

10

—sus labios formaron una sonrisita torcida, y se encogió de hombros—. Veo que tendré que buscar a otro.

Luc sintió un escalofrío.

—Piensas seguir adelante con esto, ¿verdad? —dijo él.

Peachy arqueó las cejas, claramente sorprendida.

—Te dije que lo haría.

Sí, lo había hecho, pero hasta ese momento Luc no la había creído.

—¿Por qué? —preguntó él ásperamente.

—También te lo dije.

—Dímelo otra vez.

Ella suspiró.

—Cuando estabas en el ejército te encontrarías con situaciones de vida o muerte, ¿verdad? —preguntó Peachy.

—Algunas —admitió Luc, tras un titubeo.

—¿Y no te arrepentiste nunca de dejar cosas sin hacer?

—¿Quieres decir en misiones donde corrí peligro de muerte?

Peachy asintió con la cabeza.

Luc torció el gesto.

—Si me arrepentí de algo fue de pecados cometidos, no de los que dejé cometer.

—Aún así...

—Aún así —la interrumpió él—, comprendo lo que quieres decir. Cuando te enfrentas a la muerte, tiendes a reorganizar tus prioridades.

—Exacto.

Luc volvió a considerar la propuesta de Peachy durante unos instantes.

—¿Soy el primer hombre al que le has pedido ese favor, Peachy? —preguntó él de pronto.

Ella levantó la barbilla, sonrojándose.

—No creo que eso sea asunto tuyo, Luc.

—¿No?

—Me has rechazado, ¿recuerdas?

—Estoy reconsiderándolo.

Peachy abrió más los ojos.

—¿Creía que ésa era una prerrogativa femenina?

Luc se encogió de hombros, con una indiferencia que no sentía.

—Considéralo una cuestión de igualdad de derechos —esperó un instante, y repitió su pregunta—: ¿Lo soy?

Peachy apartó la mirada.

—Sí —respondió finalmente.

Luc soltó el aire que sin darse cuenta había estado conteniendo, e impulsado por un sentimiento que no podía, o no quería, identificar, dijo:

—Pero tienes otros... candidatos.

—Eso sí que no es asunto tuyo —declaró ella con los dientes apretados.

Luc lo sabía, pero le importaba un cuerno.

—¿Y qué hay de ese graduado con el que las May-Winnies intentaron liarte el mes pasado?

MayWinnies era la abreviatura con la que en Prytania Street se referían a Mayrielle y Winona-Jolene Barnes, unas alegres mellizas de setenta años que ocupaban el apartamento contiguo al de Peachy. Aunque cultivaban un aire de corrección, las habladurías decían que habían sido muy generosas con la dispensión de sus favores a los hombres más ricos y poderosos de Lousiana, y que así habían acumulado una buena suma de dinero, que luego habían multiplicado varias veces en la bolsa.

Luc no tenía manera de saberlo con certeza. Sin embargo, él y las MayWinnies utilizaban el mismo banco y, aunque sus derechos de autor recibían un

12

cierto grado de respeto, el director del banco hacía genuflexiones a la sola mención de las señoritas Barnes.

—¿Te refieres a Daniel? —inquirió Peachy.

—Sí.

Peachy volvió a juguetear con su colgante.

—Sólo he salido una vez con él.

—¿Y? —la retó Luc.

—Y... es agradable.

Luc arqueó la ceja, considerando la posibilidad de que acabasen de insultarlo.

—¿Y ser agradable no es suficiente para entrar en la lista de desfloradores potenciales?

—Daniel no entendería mi situación.

—¿Y crees que yo sí?

—Ya no —dijo Peachy, mirándolo furiosamente—. Mira, Luc, evidentemente esto ha sido un error. Lamento habértelo pedido. Ahora... olvídalo, ¿quieres?

Ella se dio media vuelta, pero Luc reaccionó impulsivamente, y la agarró del brazo.

Peachy se puso rígida al contacto, y clavó la mirada en su mano. Tras un tenso momento, Luc la soltó.

—¿Por qué yo? —demandó él ásperamente.

Peachy parpadeó y retrocedió un poco.

—¿Qu... qué?

—¿Por qué me lo has pedido a mí?

Hubo una larga pausa.

—¿Quieres saber la verdad?

Él asintió con la cabeza.

—De acuerdo —Peachy tragó saliva, y luego levantó la cabeza, desafiante—. Te lo he pedido a ti porque pensé que me lo pondrías fácil.

—¿Fácil?

Ella asintió.

—¿Recuerdas que yo sólo quería que lo hiciésemos una vez?

—Claramente.

—Pues bien, me pareció que... bueno, tú nunca has ocultado que no te interesan los compromisos sentimentales, que quieres ser libre. De modo que decidí que...

—¿Que soy de esos tipos que tienen aventuras de una sola noche?

—No en el mal sentido —aclaró Peachy rápidamente.

—Oh, claro que no.

Aunque Luc reconocía que la evaluación de su inquilina era válida, la idea de que ella lo considerara como una especie de... de... macho desechable, lo irritaba enormemente.

—No eres el único hombre que he considerado —dijo Peachy con seriedad—. Lo he pensado mucho. Mi primer impulso fue ir al bar de un hotel, ligar con un desconocido atractivo, y dejar que la naturaleza sigiera su curso.

—¿*Qué*?

—¿Crees que no lo podría haber hecho?

—Por el amor de Dios, Peachy —exclamó él, estupefacto—. ¿Tienes idea de lo peligroso que...?

—Carezco de experiencia, Luc —lo interrumpió ella con una mirada fulminante—, pero no soy estúpida. Esa idea se me ocurrió cuando aún estaba bajo los efectos del aterrizaje de emergencia, pero una vez que reordené mis pensamientos, me di cuenta de que no podría hacerlo. Así que me senté y elaboré una lista de todos los hombres que conozco. Y empecé a tachar. Era siempre lo mismo: «Si lo hago con éste y es espantoso, se sentirá mal y eso sería una complicación» o bien, «si lo hago con este otro y es fenomenal, querrá hacerlo otra vez, y eso también puede traerme complicaciones» —Peachy hizo una pausa, y se ruborizó—. Al final me quedé contigo.

Luc se tomó unos momentos para asimilar esa extraordinaria explicación.

—¿Y qué hay de ti?

—¿De mí?

—¿No te sentirías mal tú si lo hicieras y resultase espantoso?

Por primera vez un atisbo de timidez asomó al rostro de Peachy.

—En realidad... esa fue la segunda razón por la cual decidí pedírtelo a ti.

Luc frunció el ceño, realmente desconcertado.

—¿Cuál?

—He oído historias sobre tu vida amorosa desde que me mudé a este edificio.

Hubo una pausa.

—Supón que todo fuera mentira.

Peachy lo miró con desconcertante franqueza.

—Si ése fuera el caso —dijo ella pausadamente—, creo que me lo dirías.

Luc se puso tenso. No era posible que fuese tan ingenua.

—Los hombres no van por ahí, destruyendo sus propios mitos sexuales, cielo —dijo él con un desconocido sentimiento protector.

—Si son ellos los que los propagan, no —convino ella—. Pero todo lo que he oído sobre ti viene de otras personas, Luc. Sé que tú no presumes de lo que haces, cómo lo haces o con quién lo haces, y... bueno, yo admiro eso.

Luc sintió un nudo en la garganta, y apartó la mirada. La declaración de Peachy era bastante acertada, pero se equivocaba si lo atribuía a la galantería. Su primer desengaño con respecto al matrimonio de sus padres lo sufrió al escuchar a dos supuestos amigos de su padre intercambiando comentarios soeces sobre sus relaciones con su madre. Desde entonces, la posibilidad de herir a alguien con algún comentario desaprensivo, le resultaba insostenible.

Sus pensamientos retrocedieron a su primera experiencia sexual. Había sido seducido durante su último año de instituto por la esposa de uno de los muchos hombres con los que su madre había faltado a los votos matrimoniales. Aunque la experiencia había sido agradable, le había dejado más de una cicatriz psicológica.

—¿Luc?

Volvió su mirada a Peachy, y comprendió que estaba decidida a hacerlo. Si no con él, con cualquier otro. Luc no quería ni pensarlo.

Resopló, aferrándose de pronto a una idea sorprendente. ¿Qué pasaría si... si aceptaba, y luego le daba largas a la consumación hasta que Peachy recuperara el sentido común?

De nuevo volvió al pasado. Trece años atrás, Luc se encontraba en la puerta de un avión militar, preparado para realizar su primer salto en paracaídas. La mitad de su mente lo instaba a saltar, la otra mitad aullaba que aún estaba a tiempo de no cometer la mayor estupidez de su vida.

Había mirado a su instructor, un capitán de las Fuerzas Especiales, llamado Flynn. Flynn le había sonreído, y le había dich al oído: «Decide con tu instinto, muchacho.»

—De acuerdo —dijo él abruptamente.

Peachy parpadeó.

—¿De... acuerdo?

—Acepto tu proposición.

—Oh, Luc...

—Pero esta noche no.

Capítulo Dos

—Esto no es una cita —declaró Peachy ante su imagen, veinticuatro horas después.

Aproximándose al espejo del cuarto de baño, se aplicó otra capa de rímel en sus largas pestañas.

Después se echó hacia atrás y examinó su imagen con ojo crítico. Había habido una época en la que había detestado su aspecto. Una época en la que hubiera dado cualquier cosa para cambiar sus irregulares rasgos de chico, su cuerpo delgado como un junco y su rebelde cabellera de rizos cobrizos. Afortunadamente esa época ya había pasado.

Peachy había aprendido a valorar su aspecto particular. Los tres años que había pasado en Nueva York estudiando diseño y trabajando en una joyería habían sido importantes en ese sentido, y había aprendido a desarrollar su propio estilo.

Lo más interesante era que su trabajo artístico había mejorado a medida que lo hacía la visión de sí misma, y cuando ganó el concurso para el trabajo de Nueva Orleans, tenía más confianza en sí misma, tanto profesional como personalmente, de la que había tenido en su vida.

Bien debido a la profusión de flores o a la diversidad de culturas, al cabo de unas semanas de su llegada a la ciudad, Peachy se sentía como en casa. Claro que no todo era perfecto. El clima por ejemplo era bastante bochornoso.

Mientras consideraba si era apropiado ponerse atractiva para Luc después de lo que le había pedido, Peachy recordó su conversación la tarde anterior.

—¿Qué quieres decir con... «esta noche no»?

—Creo que deberíamos esperar —dijo Luc tranquilamente.

—¡Yo ya he esperado! —exclamó ella—. Por eso me encontré a bordo de un avión averiado, creyendo que iba a morir virgen. Para mí la espera ha terminado, Luc. ¡Quiero hacerlo de una vez para poder continuar con mi vida!

Luc arqueó las cejas.

—Aquí te pillo y aquí te mato, ¿eh?

Ella sintió que se ruborizaba por enésima vez, pero siguió adelante.

—Es una forma de expresarlo.

—Pero ése no es mi estilo, cielo —respondió él, en un tono provocativamente bajo.

Peachy abrió la boca para decir algo, pero él la detuvo.

—La primera vez entre un hombre y una mujer es siempre un poco embarazosa, Peachy —observó él—. A pesar de la experiencia que pueda tener uno de ellos... o ambos. No se sabe qué desea la otra persona, y hay inseguridad en cuanto a poder dárselo. No es... fácil.

—¿Entonces?

—Entonces creo que reduciríamos la inevitable incomodidad si nos conociéramos un poco antes de meternos en la cama por primera y última vez.

—¿Conocernos? —repitió ella con incredulidad—. ¡Hemos vivido bajo el mismo techo durante dos años!

—Eso significa que nos conocemos como vecinos —replicó él sin titubear—. Me refiero a conocernos como hombre y mujer.

18

Peachy vaciló. Tenía que admitir que los argumentos de Luc para esperar parecían razonables.

—Bueno... —empezó a decir ella—. Supongo que...

Luc sonrió.

—También está eso del orgullo masculino. Me gustaría asegurarme de que tu primera vez sea algo mejor que... ¿qué palabra utilizaste? Ah, sí, espantoso.

Y entonces la tocó, acariciándole la mejilla con los dedos.

El contacto la había afectado como una descarga eléctrica, cortándole la respiración.

El ruido del cepillo al caer al suelo la hizo volver al presente. Parpadeó varias veces, consciente del temblor de sus manos. Podía sentir los pezones de sus pequeños pechos presionando el encaje de su sujetador.

Tenía una expresión velada en los ojos que le recordaron las historias de zombis que contaba Laila Martigny, la psicóloga cincuentona que vivía en el apartamento justo debajo del suyo.

Peachy se esforzó en concentrarse, echando una mirada al pequeño despertador colocado encima de la cisterna del retrete. Eran casi las siete y media. Había quedado con Luc a las ocho para cenar, y aunque se podía ir andando al restaurante, debía darse prisa para llegar puntual.

Estaba hurgando desesperadamente en el armario de su dormitorio, buscando sus zapatos, cuando llamaron a la puerta.

—¿Quién es?

—Soy yo —dijo una voz grave, inconfundible.

Peachy se quedó de piedra. Oh, no. Terry.

Era otro de sus vecinos, que ocupaba el apartamento contiguo al de Laila Martigny. Nacido como Terrence Bellehurst en Nueva York, había tenido una prometedora carrera como futbolista profesional, pero se machacó una rodilla, Tras lo cual se forjó una segunda carrera de comentarista. Hasta que sufrió una asombrosa transformación.

—Entré en contacto con mi lado femenino —le había dicho a Peachy cuando se conocieron—. Y querida, ¡fue maravilloso!

Terrence Bellehurst renació como Terree, con acento en la segunda sílaba. Terree la Belle era maestra de ceremonias en uno de los espectáculos de travestis de más clase del distrito francés.

A pesar de que su primer encuentro fue algo desconcertante, Peachy había comprobado que Terree era una de las personas más sinceras y graciosas que conocía.

—Espera, Terry, ya abro —dijo Peachy metiendo los pies en unas sandalias de tacón alto.

Le abrió la puerta a un hombre de casi dos metros de altura, cubierto de pies a cabeza con un kimono azul bordado de crisantemos plateados. Llevaba una toalla también azul enrollada en la cabeza, a modo de turbante.

Terry la miró de arriba abajo.

—¿Una cita caliente? —preguntó con complicidad.

—¡No!

Terry arqueó las cejas, y adoptó un papel comprensivo.

—¿Dolores?

Peachy hizo una mueca de disgusto consigo misma.

—No, nada parecido, Terry —respondió Peachy, con una rápida sonrisa—. Lamento haberte contestado así. Estoy un poco nerviosa. ¿Quieres pasar?

—Sólo un segundo —Terry entró, y volvió a evaluarla con la mirada—. Vas a salir, supongo.

—Sí, a cenar —respondió Peachy, intentando no ruborizarse.

—¿Con...?

—Un... amigo.

—¿De verdad? —su vecino parecía encantado.

—De verdad —Peachy esbozó una sonrisa—. Mira, Terry, no quiero ser grosera...

—Necesito un huevo.

—¿Qué?

—He subido para ver si me podías prestar un huevo o dos.

—¿Vas a hacerte una mascarilla? —adivinó Peachy.

—En realidad voy a desayunar.

—Son casi las ocho de la noche, Terry.

—¿Qué quieres que te diga? Tuve una noche muy agitada.

Peachy no deseaba oír los detalles.

—Mis huevos son tuyos, y creo que tengo también zumo de naranja, si quieres.

Terry sonrió.

—Dios te bendiga —inclinó la cabeza y frunció el ceño—. ¿Querida, no crees que vas poco enjoyada para cenar con un «amigo»?

—Iba a ponerme unos pendientes.

—¿Ah sí? —enseguida se entusiasmó—. ¿Y puedo preguntar cuáles son tus pretensiones? ¿«No me toques» o «Tómame, soy tuya»?

Peachy tuvo que sonreír.

—Algo intermedio.

—Déjame pensar un momento. Pendientes. Mmm. ¿Qué te parecen esos que me prestaste una vez para carnaval?

—¡Terry, eres un genio! —exclamó Peachy, dándole un rápido abrazo.

—Lo intento —dijo él modestamente—. Pero si te

21

pones jade y oro, deberás quitarte ese colgante de plata.

—Siento llegar tarde —dijo Peachy, sentándose frente a Luc mientras el maître le sujetaba la silla.

Luc se había puesto de pie cuando ella se acercó a la mesa. Llevaba pantalones negros, una camisa de seda con el cuello desabrochado y una chaqueta gris.

—La espera ha merecido la pena, cielo.

Peachy se puso rígida en la silla.

—No tienes que hacer esto, Luc —dijo ella, desdoblando su servilleta y poniéndosela en el regazo.

—¿Hacer qué?

—Andarte con cumplidos.

Luc se quedó mirándola con una extraña expresión, y Peachy sintió que se le paralizaba el corazón.

—¿También es un cumplido si lo digo de verdad? Porque realmente estás preciosa esta noche.

Peachy respiró profundamente, recordándose que era una mujer de veintitrés años y no una tonta adolescente.

—Gracias —dijo finalmente, logrando que su voz sonase bastante normal—. Me asesoró un experto.

—¿Sí?

—Terry me sugirió los pendientes —dijo ella con un gesto.

Luc dio un sorbo de agua de una fina copa que tenía a su lado.

—¿Sabe Terry que hemos salido juntos?

—Pues... no —dijo Peachy, removiéndose incómoda en la silla—. Le dije que iba a cenar con un amigo. No es que me sienta... avergonzada... de lo que vamos a hacer, pero me temo que, bueno, sería violento tener que dar explicaciones sobre este asunto, ¿no crees?

De nuevo recibió una mirada de Luc que no pudo interpretar, y a Peachy se le aceleró el pulso.

—Siento exactamente lo mismo —coincidió Luc.

En ese momento apareció el camarero con una botella de champán y dos copas aflautadas. Habló con Luc en francés. Peachy consiguió murmurar un *merci* después de que el hombre le llenara la copa.

A continuación apareció otro camarero con un cestillo de plata con cuadraditos de pan tostado y un bol de paté trufado.

—¿Comes aquí a menudo? —le preguntó Peachy una vez que se fue el camarero.

—Vengo varias veces al mes —respondió él—. Si el personal parece adulador es porque... bueno, el dueño es un amigo mío de la infancia, y he invertido algo de dinero en su restaurante. Lo entenderás cuando pruebes esto.

Le acercó a Peachy a la boca una tostada untada de paté.

Tras vacilar brevemente, ella se inclinó y dio un mordisco. La sedosa textura del paté era más que voluptuosa, y en cuanto al sabor...

—Hmm —exclamó Peachy inadecuadamente.

Luc sonrió, y se metió el resto de la tostada en la boca.

—En cuanto a tu pregunta —Luc terminó de masticar, y tragó su bocado—, suelo comer aquí solo. La última vez que traje a una mujer... bueno, mujeres, fue hace diez meses. Era el cumpleaños de las May-Winnies, y las invité a cenar.

Peachy casi se atraganta con el champán.

—Oh —dijo ella finalmente, temiendo haberse ruborizado.

—¿Estás bien, cielo? —le preguntó él, solícito.

—Estoy... perfectamente.

Peachy se esforzó por controlarse, y dio otro sorbo de champán. A pesar de su falta de conocimiento en cuanto a vinos, se dijo que estaba bebiendo algo muy especial.

—¿Has pedido esto? —le preguntó a Luc.

—¿Te molestaría que lo hubiese hecho?

—Luc...

Él levantó las manos en un gesto conciliatorio.

—Es una atención de la casa.

—Oh.

Peachy apartó la mirada. Hubo una pausa, y Luc repitió su pregunta.

—¿Te molestaría que lo hubiese hecho?

—Sí —Peachy levantó la barbilla—. Me molestaría.

—¿Por qué?

Peachy aspiró profundamente, y dijo:

—Porque esto no es una cita, Luc —declaró—. Tú y yo... no lo es y ya está. No estamos saliendo juntos. Quiero decir que... sí, hemos salido, y estamos juntos, pero esto no es...

—Una cita —concluyó él, tomando otra tostada.

—¡Lo digo en serio!

—Ya lo veo, cielo.

A pesar de no estar muy segura de si él la estaba tomando en serio o sólo se estaba riendo de ella, Peachy decidió continuar.

—Y otra cosa.

—¿Sí?

—Quiero... pagar la cuenta de esta noche.

—Muy bien.

—No voy a discutirlo. Lo he pensado detenidamente y he decidido que... —se interrumpió abruptamente—. ¿Qué has dicho?

—Que muy bien.

—¿No te... importa?

—No, a menos que consideres la cena como un pago por los servicios que te voy a prestar.

Peachy tardó unos segundos en comprender lo que él estaba diciendo. Cuanto finalmente lo entendió, se escandalizó.

—No —dijo negando enérgicamente con la cabeza—. Oh, no, Luc. ¡Claro que no!

—Muy bien —respondió su acompañante—. Porque si bien admito que me he embarcado en actividades poco respetables a lo largo de mi vida, me niego a ser un *gigolo,* aunque sea por una sola vez.

Al ver a Luc dando un mordisco a la tostada, Peachy se estremeció.

—Lo siento —dijo ella tras una pausa, con la voz más grave que de costumbre—. No he querido insinuar... quiero decir que pagar la cena de esta noche no es... —hizo una mueca y optó por ir al grano—. Mira Luc, tienes una tendencia a imponerte a las personas. Quizás te acostumbraste a mandar en el ejército, pero considerando nuestra situación... no, *mi* situación...

—Quieres ser tú la que controle la situación.

Algo en el tono de su voz, hizo que Peachy se atragantara.

—Sí, eso es lo que quiero.

Una sonrisa asomó en los labios de Luc, y luego desapareció.

—Ayer —dijo él, inclinándose hacia delante—, mientras me explicabas por qué decidiste pedírmelo a mí, me pregunté si te había quedado algo por decir.

—¿Cómo qué? —preguntó ella con cautela.

—Como que... —apartó la mirada del rostro de Peachy—... confías en mí.

Peachy se preguntó por qué Luc parecía tan escéptico, pero entonces se dio cuenta de que lo que ella había visto como escepticismo, era algo más profundo, más oscuro.

—¿Hay alguna razón por la que no deba hacerlo?

—Siempre hay alguna razón —replicó él sin mucho énfasis—, pero aún así...

Hubo una pausa.

—¿Aún así? —lo instó Peachy.

Luc extendió sus manos hacia ella. Tras un instante de debate interno, Peachy extendió las suyas, y las colocó sobre sus palmas.

—Aún así —dijo él, acariciándole la cara interna de las muñecas con los pulgares—, te prometo que todo lo que ocurra entre nosotros de aquí en adelante, será decisión tuya.

Ella aspiró temblorosamente, y sintió que los latidos de su corazón se sintonizaban con las caricias de los dedos encallecidos de Luc. Suspiró con un estremecimiento, sintiéndose absorbida por la intensa mirada de los ojos castaños de Luc.

Pestañeó varias veces, mientras se ruborizaba intensamente. Apartó las manos de las de Luc, y las colocó en su regazo.

—¿Debo suponer que lo que ha ocurrido entre nosotros hasta ahora, no ha sido decisión mía?

La pregunta tomó a Luc por sorpresa. Entornó los ojos y apretó los labios, pero sorprendentemente su expresión se relajó y empezó a reír.

—*Touché* —le dijo, haciendo un saludo de esgrima.

Aunque no estaba muy segura de qué era lo que le resultaba tan gracioso, Peachy se contagió de su risa. Cuando se les pasó, se sentía mucha más relajada.

—De todas formas, voy a pagar la cena, Luc —afirmó ella, un poco sin aliento.

—Desde luego, cielo —replicó él con una pícara sonrisa—. Y esto *no* es una cita.

Capítulo Tres

Lucien Devereaux era un hombre atractivo. Muy atractivo.

Eso no se le había pasado por alto a Pamela Gayle Keene en el momento de conocerlo. Pero habría jurado que lo que había sentido ante su físico cautivador había sido platónico hasta... hasta veinticuatro horas atrás.

Mientras se llevaba a la boca el último bocado de mero a la plancha que había pedido, Peachy estudió al hombre alto y reservado, sentado en frente de ella, con los párpados entornados.

Se fijó en el cabello de Luc, negro y exhuberante, y sintió un extraño deseo de acariciárselo.

No podía negar que se había sentido tentada a capturar los inconfundibles rasgos de su casero en una hoja de papel. ¿Pero por qué no? Al fin y al cabo ella era una artista, acostumbrada a reaccionar a lo visiblemente interesante. Y Dios sabía que el rostro de Luc era eso... y más.

Sus cejas bien marcadas, su arrogante nariz y sus mejillas de pómulos salientes. Habría dibujado ese rostro una y otra vez. Pero hasta entonces no se había preguntado cómo se deformaría en el momento del desahogo sexual. Ni si la disciplinada madurez de sus facciones se relajarían lo suficiente durmiendo como para mostrar un ápice del niño que una vez fue.

Peachy se removió en su asiento, y cruzó las piernas. El roce de la falda de seda sobre el nylon de las medias le produjo un estremecimiento, y su mente retrocedió de pronto al potente efecto que le había causado el toque de Luc la noche anterior. Pero volvió al presente al recordar que hacía poco se había quedado anonadada contemplando sus ojos.

¡Oh, Señor, sus ojos!

La perspicaz inteligencia que había en ellos la habían impresionado desde el primer momento. Pero nunca se había dado cuenta de que sus expresivas profundidades marrones poseyesen tantos...

—Sabes, preciosa —dijo Luc repentinamente—. Hay algo por lo que siento curiosidad.

Peachy se sobresaltó, y casi se le cayó el tenedor. Tomó aire temblorosamente, preguntándose qué habría reflejado su rostro. Si Luc supiese lo que había estado pensando...

—Quieres saber quién va a ganar la liga de fútbol —sugirió ella al cabo de un momento.

Luc la miró con extrañeza, y luego sonrió.

—No me importaría conocer esa premonición —admitió él—. Pero de momento me interesa más saber por qué te llaman Peachy.

Peachy se llevó la servilleta a los labios y se limpió, intentando ocultar el alivio que sentía.

—Así me llamaba mi padre cuanto era pequeña —sonrió momentáneamente, recordando—. A mí me encantaba. Yo a él lo llamaba J.R. Era cómo un vínculo especial entre nosotros. Y yo acabé llamándome así a mí misma —se ahuecó el cabello con los dedos, y preguntó—: No creo que me pegue mucho «Pamela», ¿verdad?

Peachy se dio cuenta de que estaba flirteando.

Luc levantó las cejas ligeramente, y esbozó una

media sonrisa. Su expresión se hizo muy maliciosa.

—No —respondió él en tono suave—. No te pega «Pamela».

Hubo una pausa. Peachy dio un sorbo de vino. Luc hizo lo mismo.

—Deduzco que estabas muy unida a tu padre —observó él finalmente, jugueteando con la copa mientras la miraba desde el otro lado de la mesa.

—Oh, sí —afirmó ella, intentando ignorar el evocador movimiento de sus dedos en la copa—. Mucho. Y a mi madre también, desde luego.

Hubo otra pausa, más incómoda que la anterior. Y al cabo de unos segundos, Luc apartó la vista, y apuró su copa.

—Creo que sabes que mi familia no fue de las más felices —dijo Luc, volviendo a mirarla a los ojos.

Peachy vaciló.

—He oído algunas cosas —admitió ella finalmente, eligiendo las palabras con cuidado—. Es decir, sé que tu padre y tu madre no eran... un... no fueron...

—Mi padre estaba obsesionado con mi madre y bebía porque su matrimonio no suponía que ella fuese verdaderamente suya —dijo Luc con mordaz precisión—. Mi madre estaba obsesionada consigo misma, y parecía muy satisfecha.

—Y a ti te pilló en medio —dijo ella, levantando su vaso con la mano ligeramente temblorosa.

El control de Luc se quebró por un instante. Sus ojos centellearon con una mirada incendiaria que hizo que Peachy se estremeciese. Después se tornaron tan opacos como una piedra.

—Aprendí a valerme por mí mismo a una edad muy temprana —replicó él.

Peachy sintió un dolor en el corazón. Pero no se atrevió a exteriorizarlo. Sabía que él rechazaría la más mínima muestra de compasión. Se aclaró la garganta.

—¿Están... muertos? Tus padres, me refiero.

—Murieron en un accidente de coche. Juntos —dijo él tras una pausa.

—Oh.

Luc torció el gesto.

—Mi padre iba conduciendo borracho y chocó contra la barandilla de un puente. El veredicto oficial fue que se trató de un accidente.

—¿Cuántos años tenías...?

—Diecinueve. Estaba en la universidad, y dejé los estudios. Continué meses más tarde.

Peachy iba a preguntarle qué había hecho durante esos meses, cuando llegó el camarero y empezó a recoger la mesa.

Peachy centró su atención en la carta de postres que le ofreció el camarero. Luc no pronunció una sola palabra mientras ella elegía, y permaneció en silencio cuando ella dejó la carta a un lado.

Peachy lo miró.

—Mira, Luc —saltó ella repentinamente—. No quiero que pienses que me paso todo el día hablando a tus espaldas porque no es así.

—¿No?

—No —insistió Peachy, e hizo una mueca—. Bueno... sí. He hablado de ti con Las MayWinnies, Laila y Terry. ¡Pero tampoco eres nuestro principal tema de conversación!

—¿Ah, no? —Luc volvió a acariciar con los dedos la copa, pensativamente—. ¿Y qué, o más bien quién, es vuestro tema actual de conversación?

Peachy apartó la vista.

—¿Peachy?

Suspirando, ella volvió a mirarle, y respondió:

—El señor Smythe.

Francis Sebastian Gilmore Smythe se había unido a la comunidad de la calle Prytania hacía cuatro meses. Era un hombre inglés de unos sesenta años que vivía en el bajo, en un apartamento que anteriormente ocupaba Remy Sinclair, un rechoncho y pálido cocinero que había abierto un restaurante de carretera a pocos kilómetros de Nueva Orleans.

Elegante y erudito, Smythe se describía a sí mismo como comerciante semirretirado de obras de arte. Peachy le había acompañado varias veces a las tiendas de antigüedades, y sabía que efectivamente era un experto, pero había algo en él...

—¿Así que el señor Smythe? —dijo Luc con la expresión ligeramene divertida.

—Las MayWinnies dicen que les recuerda a Cary Grant en esa película que hacía de ladrón —comentó Peachy, preguntándose por la expresión de Luc—. Ésa en la que sale con Grace Kelly.

—¿A las señoritas Barne les preocupa que las roben en la cama?

La pregunta sorprendió a Peachy.

—A decir verdad, creo que les gustaría.

Al darse cuenta de lo que había dicho, Peachy se ruborizó. Luc levantó una ceja y soltó una carcajada.

—Suponiendo que fuese el señor Smythe quien llevase a cabo la hazaña de robo, por supuesto.

Peachy lo miró con inquietud.

—No se lo dirás, ¿verdad?

—¿A las MayWinnies, te refieres?

—Ni al señor Smythe.

—Yo soy muy discreto, cielo.

El tono aterciopelado de su voz fue puntuado por una sonrisa que en un principio pareció muy franca, pero que se hizo extraordinariamente compleja. La combinación le produjo a Peachy un escalofrío en la espalda.

Su pulso se precipitó.

Igual que sus pensamientos.

—¿*Mademoiselle*?

Peachy parpadeó, intentando recordar el postre que había elegido.

—Un... sorbete con fruta, por favor —consiguió recordar finalmente.

—¿Café?

—No, gracias —respondió ella, sacudiendo su larga melena rizada.

—¿Y para usted, *monsieur* Deveraux?

—*Café brûlot, síl vous plait.*

—*Très bien. Merci.*

Una vez que se fue el camarero, Luc le preguntó a Peachy por la boda a la que había asistido el fin de semana anterior.

—Oh... pues... —Peachy trató de ordenar sus pensamientos—. El novio era Matthew Powell. Su hermano, Rick, está casado con mi hermana mayor, Eden. Vinieron a visitarme poco después de venir a vivir a la calle Prytania —se detuvo, recordando—. Estoy segura de que les conociste.

Luc frunció el ceño.

—¿Por casualidad fue durante la época de Eleanor Roosvelt que tuvo Terry?

—Eleanor... —empezó a decir Peachy, y de pronto soltó una carcajada—. Oh, Señor. ¡Lo había olvidado por completo! Sí. Fue entonces. Les presenté a Terry, y se quedaron un poco perplejos con su aspecto. Pero Terry fue tan... tan *Terry*, que enseguida les hizo sentirse cómodos. Y entonces apareció Remy con un plato de profiteroles.

—Un gesto muy amable como vecino.

—Llevaba una de sus chaquetas de lentejuelas, estilo Elvis, Luc.

—Ah.

—Y también se pasaron las MayWinnies para representar su rutina de dulces ancianitas.

—En estéreo.

—Menos cuando se terminan las frases la una a la otra.

—¿Y Laila no?

Peachy sonrió tristemente. Laila Martigny habría proporcionado un toque de cordura a la reunión.

—Desafortunadamente, no —replicó ella—. Estaba fuera de la ciudad. Pero alguien la mencionó... sus poderes psíquicos y su supuesta conexión con Marie Laveau.

—Sabes, tienes razón —declaró Luc, asintiendo con la cabeza—. Sí que conocí a tu hermana y a tu cuñado. Y recuerdo que no parecían muy convencidos de tu nueva residencia.

—¿No muy convencidos? —Peachy puso los ojos en blanco—. Me rogaron que volviese a Atlanta con ellos. Afortunadamente, tú les convenciste de que no todo era tan liberal como parecía.

—¿Yo? —Luc levantó las cejas y sonrió irónicamente—. Creo que no, cielo.

—Di lo que quieras —replicó Peachy, recordando con toda claridad el gran favor que ese hombre le había hecho hacía casi dos años—. Sé que lo hiciste.

El camarero volvió. Le puso el postre a Peachy con una reverencia, y llevó a cabo con destreza el ritual del flambeado del café de Luc.

—*Merci* —dijo Luc cuando se lo sirvió.

—*De rien* —respondió el otro hombre, antes de retirarse.

Luc dio un sorbo largo de su café con brandy, y Peachy probó el sorbete de mango. El sabor era ligeramente dulce y exóticamente refrescante.

—¿Y la novia? —preguntó finalmente Luc, dejando su taza—. La que se casó con el hermando de tu cuñado.

Peachy se llevó a la boca un trozo de piña.

—Se llama Annie, y es una «Wedding Belle», como yo.

—¿Cómo?

—Una «Wedding Belle» —repitió ella, llevándose la mano instintivamente al cuello—. ¿Te has fijado alguna vez en el colgante de plata que llevo?

Una expresión peculiar parpadeó en los ojos de Luc.

—Una o dos veces.

—No me lo suelo quitar —explicó Peachy—. Pero Terry me dijo que me lo quitase si llevaba los pendientes de oro y jade, así que... —hizo un gesto—. Es igual. Tiene forma de campana. Mi hermana Eden me la dio hace diez años cuando fui una de sus damas de honor. Eramos tres. A las otras también les dio un colgante. Y no sé cómo acabamos llamándonos las «Wedding Belles».

—Entiendo —Luc dio golpecitos con un dedo en el borde dorado de la taza—. ¿Quién es la tercera «Belle»?

Su curiosidad sorprendió a Peachy.

—Se llama Zoe. Zoe Armitage. Fue a la universidad con Eden y Annie. Ahora vive en Washington, y es la secretaria social de...

—Arietta Martel von Helsing Flynn Ogden —dijo Luc, pronunciando el nombre como si se tratase de un título nobiliario.

Algo desagradable se retorció en el estómago de Peachy.

—¿La... la conoces?

—¿A la señora Ogden? Sólo por su reputación.

—No —Peachy sacudió la cabeza—. A Zoe.

—Oh —Luc dio otro sorbo de café—. Sí. La conocí en una fiesta en Georgetown hace unos ocho meses. Cuando fui a Washington para recoger datos para mi nuevo libro.

Una incómoda sensación, casi adolescente, de inseguridad sobre su físico, invadió a Peachy. Se imaginó a Luc y a Zoe juntos. Él, moreno y galante, como un héroe de una de sus famosas novelas. Ella, rubia y serena, como la princesa de un cuento de hadas.

—Zoe es muy guapa —comentó Peachy.

—Si a uno le gustan las rubias de mírame y no me toques —admitió Luc, en un tono ambiguo—. Sólo hablamos unos minutos. Recuerdo que Zoe mencionó que te conocía y me preguntó cómo te iba —su boca se curvó en la misma irónica sonrisa anterior—. Fui muy convincente.

Su conversación volvió a interrumpirse en ese momento. Peachy volvió su atención a su postre, y Luc continuó bebiendo su café.

Finalmente él preguntó:

—¿Y cómo se conoció la feliz pareja del pasado fin de semana? ¿Tu hermana decidió hacer de casamentera de una de sus «Weddings Belles»?

Peachy tardó un poco en tragar una cucharada de sorbete de un color púrpura tan intenso que se preguntó si le habría coloreado la lengua.

—Cielos, no —respondió ella—. En realidad fue Annie quien les presentó a Eden y a Rick. Y en cuanto a Matt... bueno, nacieron con veinticuatro horas de diferencia en el mismo hospital y fueron vecinos durante años, haciéndose muy buenos amigos. Matt se casó con una chica llamada Lisa que conoció en la universidad, pero murió de cáncer meses después de su quinto aniversario. Matt lo pasó muy mal, pero Annie le ayudó a superarlo. No sé todos los detalles, pero una cosa llevó a otra, y al final acabaron casándose hace una semana.

—Buena historia —dijo Luc.

—Pero no es tu estilo, ¿verdad?

—Pues...

Peachy sonrió, y luego dejó vagar sus pensamientos siete días atrás. Recuerdos entrañables inundaron su mente.

—Annie y Matt parecían tan felices después de la ceremonia —murmuró—. Y recuerdo que pensé que los dos habían sido amigos durante más de tres décadas. ¡Más tiempo que toda mi vida! ¿Puedes imaginártelo?

Cuando Luc habló, Peachy se dio cuenta de que él se había tomado en serio la pregunta.

—No —respondió—. No puedo.

Peachy miró al hombre que tenía enfrente. Él la miró también, con expresión desafiante.

—¿Es una larga amistad lo que no puedes imaginarte? —preguntó ella lentamente—. ¿O la amistad entre un hombre y una mujer?

Él se puso rígido en su asiento, y apretó la mandíbula, sin dejar de mirarla.

—Lo último —respondió Luc finalmente.

—No confías en las mujeres —declaró ella.

Lucien Deveraux no se movió. Ni siquiera pestañeó.

—Exceptuando la aquí presente, no —dijo al cabo de un momento, con la voz neutra—. No mucho.

Peachy respiró hondo.

—¿De verdad? —preguntó ella desafiantemente, levantando la barbilla, consciente de los fuertes latidos de su corazón—. Me refiero a lo de exceptuando la aquí presente.

El hombre al que Pamela Gayle Keene había pedido que fuese su primer amante permaneció en silencio durante lo que pareció un largo rato. Su respuesta, cuando llegó, era una pregunta que ella ya le había hecho a él.

—¿Hay alguna razón por la que no debería?

Capítulo Cuatro

Peachy y Luc dejaron el restaurante media hora después, sin que la cuestión de quién confiaba en quién hubiese quedado muy clara.

Luc sugirió que llamasen a un taxi, pero Peachy insistió en que fuesen dando un paseo.

—Hace una noche preciosa —le dijo ella, y curvó sus labios coralinos en una sonrisa ligeramente coqueta—. Además. Ayer dijiste que teníamos que conocernos mejor. ¿No crees que un paseo a la luz de la luna contribuiría a la causa?

Luc no estaba muy seguro de que contribuir a la causa fuese una buena idea. Era evidente que la atracción física por su pelirroja inquilina aumentaba según pasaban tiempo juntos, y quiso prevenirse, más aún cuando se daba cuenta de que controlarse podía resultarle más difícil de lo que él suponía.

Al oír su nombre con una nota de impaciencia, Luc respiró hondo y se volvió hacia Peachy, que lo miraba con expresión de preocupación.

—¿Estás segura de que quieres ir andando, cielo? —preguntó él.

—Completamente.

—Bien, en ese caso...

Mientras paseaban tranquilamente en cordial silencio, Luc reconoció que hacía una noche preciosa. El cielo tenía un color azul oscuro y estaba salpicado de estrellas. La luna llena se recortaba en él como una moneda recien acuñada. Soplaba una suave brisa, endulzada con la fragancia de las azaleas y de otras flores primaverales.

—¿Sabes lo que más me gusta de Nueva Orleans? —preguntó Peachy mientras pasaban por debajo de las ramas de un enorme roble.

Luc desvió la mirada hacia la derecha, y sus ojos se posaron brevemente en la seductora forma de sus pequeños pechos recubiertos de seda, y después la alzó a su perfil finamente esculpido.

—Hay tantas cosas —respondió él, metiéndose las manos en los bolsillos de los pantalones.

—Demasiado, la verdad —reconoció ella con una risa cantarina—. Pero eso es lo maravilloso. Mira por ejemplo las casas de este barrio. La mayoría de ellas incorporan tres o cuatro estilos diferentes. En otros lugares las tacharían de monstruosidades. Pero aquí...

—El concepto de moderación no es algo a lo que se conceda mucho crédito en nuestra ciudad —convino él con una sonrisa.

—¡Exacto! —exclamó Peachy—. Aquí hay exceso de todo —se rió por segunda vez, con una nota maliciosa—. Excepto en atentados contra la moral.

—¿Y eso es lo que más te gusta? —preguntó Luc.

—Mmm-hmm

—Cuidado, cielo —la punta de su zapato golpeó una piedrecilla y la lanzó por la acera—. Estás empezando a parecer que eres de aquí.

—*Merci, monsieur.*

Aunque Luc intentaba mantener la mirada fija hacia delante, se sorprendía desviándola a la derecha una y otra vez. La luz plateada de la luna se reflejaba en su brillante cabello, e iluminaba su pálida tez, resaltando la delicadeza de sus facciones.

—Resulta intrigante la combinación —observó él después de una o dos manzanas.

—¿El qué?

—Una admiradora del exceso que a sus veintitrés años todavía no la han besado.

Peachy se paró en seco. Luc también se detuvo. Y se giraron el uno hacia el otro.

—Sí me han besado, Luc —ella levantó la barbilla desafiantemente, y sus mejillas se sonrojaron a la tenue luz—. En diferentes ocasiones.

Luc estuvo a punto de preguntarle detalles, pero se dio cuenta a tiempo de que no era asunto suyo lo que Peachy hubiese hecho o dejado de hacer, ni con quién.

—Reconozco mi error —dijo él quedamente, haciendo un esfuerzo por aguantar la desafiante mirada de Peachy sin pestañear.

Ella se quedó mirándolo en silencio, hasta que hizo un brusco asentimiento con la cabeza, y reanudaron la marcha.

Al cabo de un minuto, Peachy dijo:

—Supongo que te habrás preguntado por qué.

Luc la miró de reojo, pero no vio mucho pues ella había bajado la cabeza y el cabello le ocultaba el rostro.

—¿Por qué, qué?

—Por qué tengo veintitrés años y nunca he... ya sabes.

Luc meditó un poco su respuesta.

—Sí, lo he pensado.

Peachy levantó la cabeza, y lo miró.

—¿Te preocupa que tenga algún extraño problema sexual que no te haya querido mencionar?

—Mi definición de *extraño* es bastante elástica, cielo —dijo él guasonamente.

Ella abrió los ojos de par en par por un instante, y luego soltó otra cantarina carcajada.

—Lo tendré en cuenta.

—Hombre prevenido vale por dos —repuso él.

Ella lo miró con descaro.

—Sobre todo si se trata de perversiones.

Luc levantó las cejas, dándose cuenta de que estaban entrando en un territorio peligrosamente provocativo.

—Espero que no estés anticipando mucho en ese sentido —dijo él al cabo de un momento.

Peachy pareció incómoda. Casi avergonzada. Lo miró un instante, y apartó la vista.

—No —replicó con la voz ligeramente ronca—. Nada de eso.

Continuaron su paseo.

—Creo que todo se debe a la educación sexual —dijo ella de pronto.

—¿Educación sexual? —repitió Luc sin comprender.

—Ajá.

—¿Estás diciendo que todavía eras virgen debido a la educación sexual?

—Más o menos.

—Entiendo...

Al mirarlo, Peachy se dio cuenta de que no era cierto.

—Sé que a mucha gente la educación sexual les anima a... hacerlo —dijo ella con toda seriedad—. Les da ideas sobre cosas que a ellos solos no se les hubiese ocurrido. Pero en mi caso... bueno, cuando asistí a mi clase de sexualidad aún veía el sexo de color de rosa.

—¿Velas, flores y sábanas de seda? —intuyó Luc.

—Seguido del romper de las olas, fuegos artificiales

41

y música de violín —convino Peachy, burlándose de sí misma.

—Pero no mal aliento, olor corporal, enfermedades infeciosas ni embarazos no deseados.

—Exacto.

—Así que... ese curso te puso los pies en la tierra.

—Se podría decir eso —admitió ella lentamente—. Me hizo ver que el sexo no se podía tomar a la ligera, que no sólo era una cuestión hormonal, sino que tenía sus consecuencias. Eso, unido a los sentimientos que recibía de mis padres y de Eden y Rick, me hizo llegar a la conclusión de que quería que mi primera vez, y todas las demás, fuese por amor. No por atracción física. O... deseo. Sino por *amor*.

—¿Estás diciendo que pensabas reservarte para el matrimonio?

—No necesariamente —dijo ella con total candidez, y soltó una triste carcajada—. Aunque tengo que admitir que albergué muchas fantasías de encaje blanco con el tipo con el que casi...

Peachy se interrumpió de pronto, y murmuró algo por lo bajo.

—El tipo con el que casi, ¿qué?

—Déjalo.

—No —replicó Luc bruscamente—. Cuéntamelo.

Avanzaron unos pasos más en silencio. Entonces Peachy suspiró y dijo:

—Se llamaba Jake Pearman. Vino a vivir a la ciudad durante mi último año de instituto. Se sentaba a mi lado, y me enamoré locamente de él. Quería casarme con él a toda costa.

—¿Y cómo se sentía Jake?

—Me dijo que también me amaba.

—Y... tú le creíste.

—Con todo mi adolescente corazón.

—¿Qué ocurrió?

—Decidimos que llegaríamos hasta el final la noche del baile de graduación.

Luc rememoró sus días de instituto y aventuró una suposición basada en su propia experiencia.

—¿El tipo se emborrachó?

—Como una cuba.

—Y se desmayó antes de que pudieseis... hacerlo.

—Pero después de vomitarme en los zapatos.

—Oh, Dios.

Peachy suspiró otra vez.

—Rompimos al cabo de una semana. Jake dijo que había llegado a la conclusión de que seguía enamorado de una chica que había conocido en su anterior instituto.

Luc sintió una rabia inesperada.

—Lo siento, Peachy —dijo él suavemente, sintiéndolo de verdad.

Ella lo miró, sorprendida.

—Gracias. Pero después de tanto tiempo... bueno, no tiene importancia.

Luc no la creyó como no la había creído la noche anterior. Era la misma frase que ella había utilizado para describir su petición de que le quitase su virginidad.

—Por lo menos dime que ese Jake vive desgraciadamente después de aquello.

—No he tenido tanta suerte —repuso ella irónicamente—. Se casó con la otra chica, y lo último que he oído es que todo les va estupendamente.

Reanudaron la marcha.

—Una experiencia así —dijo Luc, mirándola—. ¿Te hizo cambiar de opinión respecto a tu deseo de que la primera vez fuese por amor?

Peachy lo miró, levantando sus delicadas cejas,

y sacudió la cabeza, agitando su melena, iridiscente a la luz de la luna.

—Curiosamente, lo que me sucedió con Jake reafirmó mis sentimientos. Tal vez te parezca una locura, pero decidí que si hubieseemos estado verdaderamente enamorados la noche de nuestra graduación, todo habría sido diferente.

A Luc si le pareció una locura. Pero había algo extrañamente persuasivo... casi seductor... en el razonamiento de Peachy.

—Habrás salido con otros hombres —dijo él—. Después de Jake.

—Oh, claro —dijo Peachy con demasiada determinación—. No con una legión ni nada por el estilo. La escuela de diseño no me dejaba mucho tiempo para salir. Y en los cinco años que llevo en Nueva Orleans, tampoco me he pasado todo el tiempo en casa.

—Pero no ha habido nadie que...

—No —soltó una risita nerviosa—. Si hubiese alguien, no habría salido esta noche con... oh. Oh.

Peachy se paró en seco. Luc se detuvo también. De nuevo, se volvieron el uno al otro.

—Perdona, Luc —dijo ella con expresión afligida—. No quiero que pienses que...

Él la hizo callar poniéndole un dedo en los labios, y sintió que ella se estremeció en el momento del contacto. Un momento después, Peachy exhaló su cálido aliento, humedeciéndole las yemas de los dedos.

—No te preocupes, cielo —dijo él, bajando la mano con un cosquilleo en los dedos, y apretó el puño hasta clavarse las uñas en las palmas—. Lo entiendo. Me lo dijiste ayer por la noche. Tus prioridades han cambiado y ahora es tu segunda vez la que quieres que sea por amor.

—¿No estás... —Peachy tragó saliva convulsivamente—... enfadado?

—En absoluto.

Y no lo estaba. Porque Peachy le había dicho la verdad. Lo que estaba haciendo con él no tenía nada que ver con el amor. Y en cuanto lo que él estaba haciendo con ella...

—¿Luc? —preguntó Peachy con incertidumbre.

Él se sobresaltó.

—Vamos —dijo él con una rápida sonrisa—. Casi hemos llegado a casa. Llegaron a Prytania Street un minuto después, y torcieron hacia el este. Luc calculó que sólo les quedaban cuatro manzanas, y se preguntó si Peachy estaría esperando que él hiciese algún movimiento antes de que terminase la velada.

Un beso, o tal vez dos. Pero nada demasiado intenso. Nada íntimo. Sólo un anticipo de sus supuestas intenciones sexuales. Más una oportunidad de descubrir si la boca de Peachy sabía tan dulce como...

Se reprendió a sí mismo por esos pensamientos y mantuvo su mirada fija hacia delante. Tres manzanas. ¿Debería besarla fuera, en la acera, o en la entrada del edificio? Tal vez debería esperar a que llegasen a la puerta de su apartamento antes de...

—¿Cuántos años tenías la primera vez que hiciste el amor?

—¿Qué? —preguntó Luc, deteniéndose bruscamente.

Peachy se volvió hacia él y repitió la pregunta.

Hubo una larga pausa. Finalmente, Luc dijo de plano:

—Tenía dieciséis años la primera vez que tuve relaciones sexuales.

Ella parpadeó, claramente impresionada.

—Eras... muy joven.

—Sí, bueno, mi compañera era bastante mayor —Luc apartó la mirada, invadido de una sensación de verguenza—. Dos años mayor de lo que soy ahora.

Oyó que ella ahogaba un grito de asombro, y él la miró. Tensamente esperó que ella dijese algo, que le recriminase. Pero no pronunció ni una sola palabra. Sólo se quedó mirándolo fijamente.

—Era la esposa de uno de los hombres con los que se acostaba mi madre —admitió él cuando la espera se hizo insoportable—. Lo descubrí más tarde.

—Esa mujer te sedujo deliberadamente —dijo Peachy, arrugando la frente, horrorizada.

—No le costó mucho, cielo —dijo él.

Peachy sacudió la cabeza, como si negase la afirmación de Luc.

—Lo siento, Luc.

Era lo último que él esperaba oír, y le sacudió hasta las entrañas.

—¿Por qué? —preguntó él, desafiante—. Celeste era una experta. Cualesquiera que fuesen sus motivos para hacer lo que hizo, fue extremadamente buena para mí en la cama.

—¡Lo que ella hizo estuvo mal!

—Lo que ella hizo... —suspiró profundamente—... no tuvo importancia.

Por la repentina tensión de las facciones de Peachy, Luc supo que ella había reconocido sus propias palabras.

—Ella te hizo daño —afirmó Peachy después de un silencio.

Él se estremeció. Por más que intentó controlarlo, se estremeció.

—Tal vez —admitió—. Pero fue hace mucho tiempo.

Y al contrario que tú, cielo, dejé de pensar en hacer las cosas por amor cuando era niño.

Peachy volvió a ruborizarse, y apartó la mirada durante un segundo. Entonces lo miró otra vez, como si no pudiese evitarlo, y tragó saliva.

—Aún así... —empezó.

—Aún así... —repitió él, consciente de que su centro de gravedad se estaba desplazando.

Luc rememoró un intercambio que habían tenido durante la cena. Él le había tendido las manos. Tras cierta vacilación, Peachy le había dado las suyas, y habían entrelazado sus dedos, mientras él le acariciaba la suave piel de la cara interna de las muñecas con los pulgares.

¿Sería el resto de su cuerpo tan intensamente placentero al tacto? Luc sintió la presión de la sangre caliente entre los muslos. ¿Tendrían sus pechos la misma sedosa textura? ¿O sus caderas? ¿O sus largas piernas?

Peachy invocó su nombre en un tembloroso susurro.

—Shhh —la calmó él, poniéndole las manos sobre los hombros desnudos, expuestos por el vestido verde jade que llevaba.

Al cabo de un momento deslizó las manos hacia la base de su esbelto cuello, acariciándoselo y tomándole después la barbilla.

Luc sintió el fuerte palpitar del pulso de Peachy, aunque el suyo tampoco se quedaba atrás.

Un beso, o tal vez... dos. Pero nada más.

Peachy volvió a pronunciar su nombre, esa vez con una mezcla de confusión y frustación.

—Ya te lo he dicho —dijo él—. Todo lo que suceda entre nosotros será una decicisión tuya.

Ella parpadeó, sin comprender. Entonces sus ojos se agrandaron y sus labios se separaron.

—¿Quieres decir que esperas que yo...?

Luc sacudió la cabeza.

—Tu decisión —dijo él simplemente.

Su decisión, cuando Peachy la tomó, fue besarlo.

Al menos así fue como empezó. Peachy recordó más tarde que ella lo había besado. Pero en el espacio de unos electrificantes segundos...

La boca de Luc se movió sobre la suya con erótica pericia. Pero lentamente. Oh, muy lentamente. Estirando cada instante del dulce y abrasador contacto en una sensual eternidad. Era como si lo único que le importase fuese hacerla gozar.

Los ojos de Peachy se cerraron por sí solos. Ella se abandonó en los expertos brazos de Luc con un ávido suspiro.

Sí. Oh... sí.

Peachy empezó a inclinar la cabeza, antes de sentir la mano derecha de Luc en su nuca, instándola a hacerlo, y se abrió a él como una flor.

Sus lenguas se encontraron y se aparearon. Acariciándose. Entrelazándose en una íntima cópula. Luc murmuró algo ininteligible contra sus labios, con la voz baja y apremiante.

Peachy no había mentido. La habían besado antes, pero jamás la habían besado de esa manera, provocando que su sangre rugiese con tanta intensidad en sus oídos que le impedía pensar.

El beso se hizo más intenso, más profundo. El deseo la anegó como un vino oscuro y rico. Sus piernas empezaron a flaquear.

Y entonces, sin previo aviso, Luc interrumpió el

beso. Separó su boca de los labios de Peachy y la apartó de él.

Peachy parpadeó y abrió los ojos.

—¿Luc? —consiguió decir, mirándolo a la cara—. ¿Qué... qué ocurre?

Él tenía las facciones tensas, los labios apretados, y ni siquiera la miraba. Cuando por fin lo hizo, Peachy captó un breve destello de emoción tan poderoso que la hizo retroceder.

—No pasa nada, cielo —dijo Luc, con la voz saliendo de las profundidades de su pecho.

Le apretó la cintura, manteniéndola donde estaba.

—¿Por qué te... has detenido? —le preguntó Peachy.

La sensual boca de Luc se torció en una media sonrisa, y el aprisionamiento de su mano dio paso a una suave caricia.

—Me he detenido —respondió él con suavidad—, porque creo que ya nos hemos conocido bastante esta noche.

—Pero...

De nuevo, él acalló los labios de Peachy con sus dedos. Y dijo:

—Confía en mí, Peachy.

Pamela Gayle Keene se fue a la cama sola cuarenta minutos después, con el cuerpo palpitando de posibilidades carnales. Se pasó casi toda la noche dando vueltas en la cama, y revolviendo las sábanas. Las últimas palabras de Luc persistían en su mente, igual que su beso parecía persistir en sus labios.

Mirando en la oscuridad, se preguntó si confiaba en el hombre al que había pedido que fuese su primer amante. Si escuchaba a su corazón, la respuesta era sí. Pero si escuchaba a su cabeza...

Ella nunca había pensado que Lucien Devereaux fuese un santo. Precisamente había sido su reputación lo que la había movido a hacerle esa petición. ¿Pero y si las habladurías de Prytania Street se equivocaban? ¿Y si Luc no era el mujeriego que decían que era?

Con cierta inquietud, Peachy se dio cuenta de que no tenía ni idea, y decidió averiguarlo.

Capítulo Cinco

Llamaron a la puerta de su apartamento, en el cuarto piso, poco antes de las diez. A Luc no le sorprendió. Esperaba la visita desde que había abierto los ojos mientras besaba a Peachy y había visto a Francis Sebastian Gilmore Smythe saliendo de la residencia de Prytania Street.

—Un momento —dijo Luc, sacando el papel de la máquina de escribir, estrujándolo y arrojándolo a la papelera, junto a otros.

Volvieron a llamar a la puerta.

—Ya voy.

Bostezó, cubriéndose la boca con el dorso de la mano. Sentía los ojos como si estuvieran llenos de arena, y los músculos del cuello y de los hombros, agarrotados.

Habían transcurrido más de diez horas desde que había acompañado a Peachy a su casa. La separación había sido incómoda, sin contacto físico. Una parte de él deseaba alejarse de ella desesperadamente, pero otra parte...

—Hasta mañana, cielo —le había dicho él.

—Hasta mañana —había repetido ella, cerrando la puerta.

Una vez en su apartamento, Luc ni siquiera se había acostado. Sabía que no podría dormir. Después de una ducha fría se sentó delante de su máquina de escribir y se puso a trabajar en su última novela,

Caballo Negro. Aunque se suponía que debía de tener el mismo ritmo ligero de sus tres intrigas anteriores, que le habían colocado en la lista de betsellers de Nueva York, sus protagonistas habían empezado a exhibir complejidades inesperadas, y al final del cuarto capítulo se encontraba inmerso en un terreno desconocido, de modo que, o los asesinaba y empezaba de nuevo, o continuaba en la misma dirección a ver a dónde llegaba.

Luc se preparó mentalmente para el encuentro que iba a tener lugar, y abrió la puerta.

—Señor Smythe —le dijo al hombre de cabello gris del umbral—. Le estaba esperando.

El hombre entró, sin que le sorprendiese lo más mínimo el tono de la bienvenida.

—¿Así que me viste anoche?

—Sólo fugazmente.

—No me sorprende. Estabas un tanto... ocupado.

Luc cerró la puerta, intentando no reaccionar a la insinuación.

—Una elegante retirada la suya —comentó al cabo de un momento.

El hombre arqueó sus cejas grises ligeramente, en un gesto de reconocimiento al comentario de Luc.

—Sí, claro, me pareció más prudente desaparecer que arriesgar un encuentro violento.

—Mmm.

—¿Peachy...?

—No.

—Tanto mejor, diría yo.

Una vez más, Luc evitó picar el anzuelo, y sostuvo la mirada a su inquilino.

—Ya veo —dijo con algo de admiración su inquilino—. De modo que así son las cosas, ¿eh? Bien, muchacho, no puedo culparte.

Luc relajó su expresión.

—¿Quiere que esto se desarrolle de pie, o sentados?

—Oh, sentados, por favor —fue la respuesta inmediata.

—¿Bien? —apuntó Luc cuando ambos estuvieron sentados.

El señor Smythe se aclaró la garganta.

—Es difícil saber por dónde empezar —admitió—. No es mi estilo inmiscuirme en la vida privada de las personas.

—¿En serio? —argulló Luc, recordando lo que su viejo camarada de las Fuerzas Especiales le había contado sobre el pasado de Smythe—. Después de más de treinta años en los Servicios de Inteligencia Británicos, pensé que le habría tomado el gusto.

—Eso era mi trabajo, querido amigo. Y preferiría que no mencionaras mi antigua profesión. Hay personas que...

—No quiere que le pregunten por los trapos sucios de la familia real, ¿verdad?

El señor Smythe se mostró dolido.

—Como imaginarás, no he venido aquí a hablar del derrumbe de la familia real. Iré al grano. Al margen de que no es asunto mío, ¿qué tienes que contarme de lo de anoche?

—Nada.

—¿Cómo?

—Al margen de que no es asunto suyo, señor Smythe, no tengo nada que decir al respecto.

—¡Estabas besando a esa chica en medio de la calle!

—«Esa chica» es adulta y contaba con su consentimiento —replicó Luc, sorprendido de que le afectase la desaprobación de su inquilino.

—Su edad no es la cuestión.

Molesto, Luc espetó:

—¿Cuál es entonces? ¿Mi falta de discreción?

—No... exactamente —el hombre lo miró fijamente—. Aunque podrías haber elegido un sitio menos público para expresar tus sentimientos.

Luc se revolvió en su asiento, sintiéndose repentinamente incómodo. Había algo en la mirada del señor Smythe que lo ponía nervioso, como si lo instase comprensivamente a decirle la verdad. Por un instante demencial, Luc pensó en contárselo todo. Sería un alivio poder confiar en un hombre que...

Rechazó la idea de lleno. Lo último que necesitaba era una figura paterna sustitutoria.

—¿Luc?

Luc se puso rígido. Miró al señor Smythe con la esperanza de que la confusión que sentía no se reflejase en su rostro.

—¿Se sentiría más tranquilo si le dijera que mis intenciones hacia Peachy son honradas? —preguntó finalmente con un tono tan tenso como su postura.

—Define honorable —dijo el hombre.

Luc apretó los puños sin darse cuenta.

—No le voy a hacer daño.

—Pero reconoces que podrías hacérselo.

Fue una afirmación que hería como un bisturí.

—*No* se lo haré.

Hubo una pausa.

—No es tu tipo, muchacho.

—¿Y usted qué sabe cuál es mi tipo? —replicó Luc, controlando una oleada de resentimiento.

—Flynn me contó algo al respecto. Él no consideraría justo hablarte de mí, y no hablarme a mí de ti.

—Tiene razón —admitió Luc, torciendo el gesto, y reconociendo que su antiguo compañero de armas

54

tenía una verdadera manía con el sentido de la justicia—. Él no lo haría.

—Confieso que también he hecho algunas indagaciones por mi cuenta —continuó el hombre con sinceridad—. La fuerza de la costumbre, supongo.

—Les ha tirado de la lengua a los otros inquilinos.

—Manifesté una vaga curiosidad, y algunos soltaron torrentes de información.

—No ha sido como interrogar a miembros de la KGB, ¿verdad?

—En absoluto. Aunque debo admitir que fue bastante más divertido —hizo una pausa, y su expresión se tornó pensativa—. Lo curioso es que me pregunté si me habrían engañado. Sobre tu reputación con las mujeres, me refiero. Porque hasta anoche... francamente muchacho, desde que llegué tu comportamiento ha sido monacal.

—He estado trabajando en mi nuevo libro —dijo Luc, explicando su reciente celibato.

—¿Y no puedes servir al mismo tiempo a tu musa literaria y a tu líbido?

—Esta vez, no.

—¿Quieres decir que con tus novelas anteriores...?

—Sin problemas.

El señor Smythe frunció el ceño, sopesando cuidadosamente lo que iba a decir.

—No dudo de tu palabra —comenzó—, pero lo que vi anoche...

—Fue un error —lo interrumpió Luc, invadido por el recuerdo del dulce sabor de la boca de Peachy. Hizo un esfuerzo, y clavó la mirada en el rostro de su inquilino—. No se preocupe, no volverá a ocurrir.

Hubo otra larga pausa.

—¿Estás seguro, muchacho? —preguntó el hombre

finalmente, con una curiosa nota de suavidad en la voz.

—No cometo dos veces el mismo error —respondió Luc, sin mucho énfasis, sosteniéndole la mirada.

Pensaba continuar con su plan de ayudar a Peachy, pero no volvería a bajar la guardia mientras estuviera con ella, como lo había hecho la noche anterior.

—Bien, en ese caso —dijo Smythe, empezando a levantarse—, no es necesario que continúe importunándote, ¿verdad? Espero no haberte ofendido. Sé que esto no es asunto mío, pero le he tomado mucho aprecio a Peachy, y me sentí protector hacia ella.

—Comprendo —dijo Luc, poniéndose de pie en un sólo movimiento.

—Eso no quiere decir que Peachy necesite que alguien la cuide —añadió Smythe—. Es una joven muy capaz.

—Mucho.

Luc se dio cuenta de que no quería que el hombre se marchara. Sentía un fuerte deseo de seguir charlando con él.

—Puede quedarse, si quiere —le dijo de pronto.

—Vaya, gracias, Luc —el hombre pareció sinceramente agradecido—. Me gustaría, pero tengo que hacer otra visita.

—No ira a ver a Peachy, ¿verdad?

—¿Para hablar de esto? No, por Dios, claro que no. Ni soñando.

Luc pasó el peso de su cuerpo de una pierna a otra.

—Esto... mire —empezó a decir Luc—, le agradecería que esto quedase entre nosotros.

—Ah —dijo el señor Smythe, haciendo una mueca—. Eso es algo difícil.

—¿Por qué?

—Me temo que esta visita no es únicamente por mi cuenta.

—¿Me está diciendo que alguien más sabe lo de Peachy y yo?

—Pues...

—¿Quién, señor Smythe?

Otra mueca.

—Las señoritas Barnes.

—¿Se lo ha contado a las MayWinnies?

—¡Dios mío, no! —el hombre negó vehemente con la cabeza—. Jamás.

—¿Entonces... cómo?

—Una de ellas te vio, muchacho.

Luc sintió como si le hubieran dado una patada en el estómago.

—¿Las MayWinnies me vieron besando a Peachy?

—Oh, no, eso se lo perdieron —le aseguró Smythe—. Os vieron paseando juntos. Parecer ser que a pesar de lo graciosas que les resultan tus aventuras amorosas con otras mujeres, no les hace tanta gracia que te salgas con la tuya con la joven a la que consideran su nieta honorífica.

—Oh, Dios —se lamentó Luc—. ¿Y cómo se ha enterado usted?

—Por las señoritas Barnes, desde luego. Me las encontré a la vuelta de mi paseo, esta mañana, y me pidieron que hablase contigo, de hombre a hombre.

—Pero no les dijo...

—Ni una palabra —el hombre hizo una pausa, frunciendo el ceño—. La verdad es que me sorprendió que me confiaran sus inquietudes. Siempre he percibido cierto recelo en su actitud hacia mí, como si mantuvieran las distancias.

—Eso es, sin duda, porque sospechan que es un poco bandido.

—¿Cómo dices?

Luc se dio cuenta de su desliz. Vaciló, y entonces decidió explicar su comentario, sin atribuirle a Peachy su origen. La reacción del señor Smythe fue de asombro, pero tras su sorpresa se detectaba su orgullo masculino.

—¿Y dices que les recuerdo a Cary Grant? —preguntó cuando Luc dejó de hablar.

—Sí, en esa película que hace de ladrón —afirmó Luc.

—¿Crees que debería decírselo? —preguntó el señor Smythe.

—¿Decir qué y a quién?

—A las señoritas Barnes. ¿Crees que debería contarles la verdad sobre mi pasado? Supongo que la idea de que su vecino de abajo pueda ser un criminal, debe resultar preocupante a las queridas señoras.

—Creo que saben como sobrellevarlo —dijo Luc irónicamente—. Tal vez no lo sepa, pero esas «queridas señoras» parece que llevaban una vida bastante alegre cuando eran jóvenes.

—Bueno sí, algo he oído, pero aún así...

—Si se enteran de que tienen un verdadero espía pululando en su edificio, las MayWinnies tal vez serían capaces de contárselo a su sobrino nieto, ese que trabaja en la televisión, y...

—Entiendo, entiendo —interrumpió Smythe, palideciendo—. Lo mejor será dejar las cosas como están.

Se produjo un largo silencio.

—¿Entonces, qué va a decirles a las MayWinnies, señor Smythe?

—Francis.

—¿Cómo dice?

—Me gustaría que me llamases Francis.

Luc se sintió extrañamente honrado por la inesperada petición.

—De acuerdo. ¿Qué va a decirles, Francis?

Francis Sebastian Gilmore Smythe esbozó una sonrisa de complicidad.

—Les diré exactamente lo que me has dicho, Luc. ¿Qué otra cosa iba a decirles?

Peachy examinó el dibujo y decidió que había llegado el momento de arrojar el lápiz. Hacía horas que luchaba con el diseño de un broche especial, solicitado por una admiradora de Terry la Belle.

Llamaron a la puerta de su apartamento.

—Luc —susurró Peachy, deteniéndosele el corazón, y sintiendo que el calor invadía su cuerpo.

Toc. Toc.

—¿Peachy?

Toc. Toc.

—¿Cariño?

Era imposible no reconocer las voces de las May-Winnies.

Toc. Toc. Toc. Toc.

—¿Estás en casa, querida? —dijeron al unísono.

—Voy —dijo Peachy, levantándose de la mesa de dibujo y dirigiéndose a la puerta.

Retiró la cadenita y abrió.

—Buenas tardes, querida —dijeron a coro las dos cabezas plateadas.

Iban vestidas idénticas, con trajes de chaqueta de color frambuesa, a juego con sus sombreros de paja. Los cuellos y los puños de sus idénticas blusas blancas espumaban sus gargantas y sus muñecas como nata batida.

—Buenas tardes, señorita May... señorita Winnie —dijo Peachy, esperando haber acertado con los nombres.

—¿Llegamos en un mal momento, querida? —dijo una de ellas.

—No queremos molestarte —dijo la otra.

—Oh, no —Peachy sacudió la cabeza—. Sólo estaba trabajando en un encargo.

—¡Qué maravilla! —exclamaron en estéreo.

—Estoy segura de que crearás algo hermoso —dijo May, o tal vez Winnie.

—Gracias —Peachy les devolvió la sonrisa.

Era imposible no sentirse bien con los halagos de las dos ancianas. Peachy era de la opinión de que su habilidad para alabar era la clave de su reputado éxito con los hombres.

—¿Podemos pasar, querida? —preguntó Winnie... sí, era Winnie.

—¿Sólo un minuto o dos? —añadió May.

Peachy se retiró el pelo de la cara, dándose cuenta de que no había una manera educada de negarles la entrada.

—Desde luego —les indicó que pasasen—. Entren, por favor.

Las gemelas entraron, alabando, como siempre, la decoración «tan original», y tomaron asiento.

—¿Quieren beber algo? —les preguntó Peachy, intentando recordar qué tenía—. ¿Un té? ¿Un zumo? ¿Agua mineral?

—No, gracias —dijeron a dúo las hermanas.

—Acabamos de comer opíparamente en Galatoires —declaró Winnie.

—Tenemos que cuidar nuestras siluetas, porque si no lo hacemos nosotras...

—¡Nadie lo hará!

Las gemelas intercambiaron miradas, y se echaron a reír. Peachy, aunque había escuchado el chiste muchas veces anteriormente, se rió con ellas; el desenfado con que festejaban su propio humor era irresistible.

Sus invitadas intercambiaron miradas nuevamente. Unas miradas que eran... digamos... muy significativas.

—Hemos estado pensando en ti, Peachy querida —anunció May, entrelazando las manos y cruzando los tobillos.

—En ti, y en Daniel —especificó Winnie, cruzando los tobillos y entrelazando las manos.

—¿Daniel? —repitió Peachy, mientras una serie de alarmas sonaban en su interior—. Oh. No. Bueno... quiero decir que sólo salimos una vez, señorita Winnie, y no creo que nosotros... les agradezco que me lo presentasen, naturalmente. Porque Daniel es... bueno... —¡Señor, ni siquiera se acordaba de su cara!—. Es muy... agradable...

Las MayWinnies suspiraron, son expresión de lamentarlo profundamente.

—Exactamente.

—¿Perdón?

Winnie le dirigió una sonrisa de complicidad.

—Agradable es agradable, querida.

—Pero no suficiente —añadió May con sabiduría.

—Deberíamos haberlo imaginado. Una joven como tú.

—Tan artística.

—Bohemia, casi.

—¡Que ha vivido en Nueva York!

—Tú necesitas...

—... deseas...

—... alguien mayor que Daniel.

—Alguien con más experiencia.

—No desagradable, por supuesto.

—Pero menos juvenil.

—Más hombre.

Lo sabían. Peachy sintió que se ruborizaba de humillación. ¡De alguna manera, las MayWinnies lo sabían!

¿Era posible que Luc...?

No. jamás.

¿Quién, entonces?

Terry.

Oh, Dios. Sí. Claro. ¡Tenía que ser él!

A Luc no le iba a gusta aquello. Ella le había prometido que no habría complicaciones.

—Tenemos la persona ideal para ti —dijo May.

—No sé cómo no lo hemos pensado antes —añadió Winnie.

—Y lo maravilloso es...

—... que ya lo conoces.

—Señorita May —empezó Peachy, intentando evitar que sus invitadas pronunciasen el nombre que estaban a punto de revelar—. Señorita Winnie...

—Nuestro sobrino nieto. Trenton.

Peachy se quedó boquiabierta.

—¿Qu... quién? —tartamudeó.

—Lo conoces como Trent, querida —dijo Winnie.

—¿Trent... Barnes?

A Peachy le sonaba el nombre, pero no sabía de qué.

—Eso es —afirmó May con notorio orgullo—. Hace el informativo de televisión.

—Te entrevistó en el aeropuerto, querida. Después de tu espantosa experiencia con el aterrizaje de emergencia.

Peachy recordó de pronto la imagen de un periodista de rasgos torcidos y un cabello sorprendentemente inmóvil.

—¿Se refieren al periodista de la nariz rota y el cabello aplast... —se interrumpió, mortificada por su falta de tacto—. Lo siento, no era mi...

—Trenton no se peina así en la vida cotidiana; sólo cuando sale en la televisión —dijo May.

—Aunque es verdad que parece poco natural —admitió Winnie—. En cuanto a su nariz...

—¿No se la rompió un diputado? —se apresuró a preguntar Peachy—. ¿Es año pasado, por Navidad?

—Por la mujer que amaba —dijeron a coro las May-Winnies con gran sentimiento.

—¿Cómo?

—El diputado —dijo una de ellas.

—No Trenton —añadió la otra.

—A Trenton lo echaron de su emisora en Atlanta por ello —terminó Winnie—. Por eso está aquí. May y yo estamos de acuerdo en que le dieron su merecido. Atosigar así a las personas es una bajeza. Aunque recuerdo a unos políticos que...

—¡Winnona-Jolene! —la interrumpió May.

Peachy observó cómo las dos hermanas se comunicaban con las miradas. Tras varios segundos, Winnie se volvió hacia ella y declaró:

—Los recuerdo, pero soy una dama y no diré sus nombres.

—Lo entiendo perfectamente, señorita Winnie —la tranquilizó Peachy, haciendo esfuerzos para no reírse.

Hubo una pausa.

—¿Y bien? —preguntó May finalmente, con expresión expectante.

—¿Qué piensas? —preguntó Winnie, más que expectante.

—¿De Trenton y yo?

Las dos asintieron con la cabeza.

Peachy forzó una sonrisa y dio una respuesta que, esperaba, no la comprometía a nada.

—Que me llame.

La segunda visita llegó al apartamento de Luc unas ocho horas después del señor Smythe. No la esperaba, aunque después se dio cuenta de que debería haberlo hecho.

—De modo —comenzó su visita con la cabeza imperialmente alta—, que primero Terry me cuenta que Peachy tenía una cita romántica con un misterioso «amigo». Luego las MayWinnies me dicen que ese misterioso amigo eres tú y que piensan emparejar a Peachy con ese sobrino suyo, cuyo pelo es un atentado al medio ambiente, para evitar que la seduzcas como a tantas otras. Y finalmente Francis Smythe me confiesa que es un espía retirado y no un anticuario, y que no me preocupe por Peachy porque tú y él habéis resuelto el asunto de hombre a hombre.

Luc cerró la puerta, con la mano crispada sobre el picaporte a la mención de Trent Barnes. ¡Peachy era para él, maldita sea! Se sorprendió ante esa afirmación tan posesiva. ¿Peachy, para él?

No. En absoluto. Jamás.

Bueno...

¡No! ¡Decididamente, no!

Luc se volvió hacia la mujer que consideraba la antítesis de aquella que lo había traído al mundo.

—Te han contado muchas cosas —dijo él serenamente.

—Sí —convino la doctora Laila Martigni, observándolo con sus ojos de color topacio sobre su tez morena—. Pero ahora, por fin, sabré la verdad.

—¡Luc! —exclamó Peachy unas tres horas más tarde, cuando estaba a punto de ducharse—. No te esperaba...

—Eso parece —Luc paseó la mirada sobre ella—. Siento molestarte a estas horas.

Peachy se llevó la mano al cuello, para jugar con el colgante. Aunque el albornoz la cubría completamente, algo en la mirada de Luc la hacía sentir su desnudez.

—No te preocupes —dijo ella, intentando ignorar el hormigueó que la tela del albornoz producía en su sensitiva piel—. Sólo son las nueve. No es tarde.

—Aún así...

—Bueno, ayer dijieste «hasta mañana» —le recordó ella, descendiendo la mirada desde el atractivo rostro de Luc hacia el vello de su pecho que asomaba por la camisa abierta, y se le secó la boca, sintiendo que empezaba a sonrojarse. Apartó la vista, balbuceando—. Es decir, ahora. Hoy. Porque mañana era ayer. Ayer por la noche, quiero decir. Cuando tú... bueno, dijiste «hasta mañana».

—Y aquí estoy —adujo Luc con una nota de ironía.

Peachy se forzó a mirarle a la cara otra vez.

—¿Quieres... —tragó saliva—... quieres entrar?

Tras vacilar un momento, Luc negó con la cabeza.

—Esta noche, no.

A Peachy le dio un vuelco el corazón.

—Oh.

—Me preguntaba si querrías ir a bailar.

—¿A... ahora?

Luc se metió las manos en los bolsillos traseros

de sus gastados vaqueros, y el movimiento tensó la tela sobre su liso abdomen, marcándole su masculinidad.

—Mañana —le aclaró Luc—. Podríamos ir al local de Remy. Buena comida. Buena música.

—Pues... yo... esto...

—¿Has cambiado de opinión?

Peachy estaba demasiado nerviosa por la proximidad de Luc y el desafío de su voz como para medir las consecuencias de su respuesta.

—¿Después de lo que ocurrió anoche? Varias veces.

Él arqueó las cejas.

—¿Y tú? —preguntó Peachy incisivamente.

Luc se encogió de hombros.

—También. Mucho.

Peachy intentó decidir si había sido un cumplido o un insulto.

—Las MayWinnies piensan que debo salir con su sobrino —declaró ella sin saber por qué.

—¿Ah, sí?

—Trent Barnes. El reportero de televisión.

—El del peinado de hormigón.

—No lo lleva así en su vida cotidiana —repuso Peachy, enfadada por razones inexplicables—. Sólo ante las cámaras.

Hubo una pausa, cargada de tensión.

—¿Y vas a hacerlo? —preguntó Luc por fin, sacando las manos de los bolsillos.

—¿El qué?

—Salir con el sobrino de las MayWinnies.

Durante unos instantes Peachy consideró la idea de mentirle. De decirle que ya habían quedado, y que pensaba disfrutar mucho.

—¿Peachy?

Ella levantó la mirada hacia él.

—Les dije que podía llamarme.

La expresión de Luc fue inescrutable.

—¿Y lo de mañana por la noche?

—¿Ir a bailar?

—Mmm —Luc levantó la mano y tocó el colgante de Peachy con el índice—. Una mujer puede aprender mucho de un hombre por su manera de bailar, cielo.

Peachy levantó la barbilla, ignorando el intenso rubor que sentía en sus mejillas. Se apoderó de ella un expíritu aventurero, y con él, el mismo poder femenino que había experimentado cuando él la besó.

—Funciona en los dos sentidos, señor Devereaux —replicó ella—. Téngalo en cuenta mañana por la noche.

Capítulo Seis

Al día siguiente, Peachy pensó que una mujer también podía conocer bastante a un hombre montando con él en su coche.

Luc iba a pasar a recogerla a su trabajo, y desde allí irían al local de Remy.

Al cerrar la joyería al público, Peachy sintió la necesidad de entrar en el aseo de señoras para cambiar un poco su aspecto formal antes de encontrarse con Luc. Cambió su falda y su blusa de trabajo por un coqueto vestido de flores y unos zapatos bajos, a lo que añadió unos pendientes de plata. Se soltó el cabello, que habitualmente llevaba recogido en una trenza en el trabajo.

Al salir de la joyería, se encontró a su futuro amante hablando con un corpulento policía. El tema parecía ser el coche, que estaba aparcado en una zona prohibida.

—Sí, muchacho, tienes razón. Merece la pena —oyó Peachy que decía el oficial cuando ella se aproximaba—. Aún así, que no vuelva a ocurrir, ¿entendido?

Sonriendo ampliamente, el hombre se cruzó con ella, saludándola a su paso.

—¿Es amigo tuyo? —le preguntó Peachy a Luc al llegar junto a él.

Una perfecta dentadura blanca destelló en su moreno rostro.

—Ahora sí.

—¿Y eso?

Luc se apartó de su deportivo con un grácil movimiento. Llevaba pantalones negros vaqueros y una camiseta negra de manga corta, y el cabello peinado hacia atrás.

—Iba a multarme por estar aparcado en zona prohibida.

—¿Y cómo le persuadiste de que no lo hiciera? —le preguntó ella con curiosidad—. ¿Un pequeño soborno, tal vez?

—En realidad le dije al oficial Kerrigan que estaba esperando a una joven que bien merecía la pena el riesgo de una multa. Dijo que se quedaría aquí para juzgar por sí mismo. Y cuando has salido contoneándote de la joyería...

—¿Contoneándome? —repitió Peachy mientras Luc le abría la portezuela del coche.

—Absolutamente, cielo.

La ronca afirmación fue acompañado de un breve pero descarado examen de sus piernas. Ruborizándose ligeramente, Peachy se sentó en el asiento, tirando del dobladillo del vestido mientras se preguntaba si no sería demasiado corto.

Luc cerró la puerta, y rodeó el coche para sentarse en el asiento del conductor.

—Un poco, pero no mucho —dijo él, abrochándose el cinturón de seguridad.

—¿Qué? —preguntó Peachy, haciendo lo mismo.

—Tu falda. Es un poco corta, pero no demasiado.

Peachy sintió que el color invadía sus mejillas.

—Oh —dijo mientras Luc ponía el deportivo en marcha.

Fueron en silencio durante un rato, avanzando

lentamente debido al tráfico que había a esas horas. Peachy admiró la habilidad de Luc conduciendo.

—Hay algo para ti en la guantera —anunció él de pronto.

—¿Algo para mí? —repitió ella, sorprendida.

Se inclinó hacia delante y abrió el compartimento.

—Ahí delante. Ese sobre.

Peachy sacó un sobre y cerró la guantera. No había nada escrito en él, y Peachy vaciló.

—Adelante —la instruyó Luc—. Ábrelo.

Peachy lo abrió y sacó una especie de documento. Tardó varios segundos en darse cuenta de que lo que estaba viendo eran los resultados de un examen médico completo de Lucien Devereaux, incluyendo análisis de sangre para enfermedades de transmisión sexual.

—Oh —suspiró ella, estupefacta.

—Por si tienes alguna duda sobre mi salud.

Con sobresalto, Peachy se dio cuenta de que ni lo había pensado. Y dada la historia de Luc...

Echó una rápida ojeada a los papeles.

—Yo... te lo agradezco, Luc —empezó—. Yo nunca... quiero decir que no habría...

Una mirada oscura se posó sobre ella por un instante, y Peachy se estremeció. Cruzó las piernas y apretó los muslos, sintiendo húmeda el cuero del asiento.

—No es un gesto muy romántico —observó Luc.

A Peachy le dio un brinco el corazón, y se puso rígida.

—Lo que estamos haciendo no tiene que ser romántico —repuso ella, con la voz tensa.

—Cierto —dijo su acompañante al cabo de un momento.

Peachy centró su atención de nuevo en los papeles que le había dado, sacudida por una avalancha de emociones contradictorias.

Descruzó las piernas. Tal vez aquello formaba parte de las artimañas sexuales de Lucien Devereaux. Además eran fotocopias. Quién sabía cuántas copias había hecho, y a cuántas mujeres se las había dado...

—¡Este informe es de hace seis meses! —exclamó Peachy de pronto.

—Todavía es válido —replicó él con calma.

Ella montó en cólera. Podía no tener experiencia, pero no era una ignorante en los temas sexuales.

—Sólo sería válido, Luc —dijo ella con aspereza—, si no hubieses estado con nadie desde que te hicieron los análisis de sangre.

—Exacto.

La indignación de Peachy se transformó en incredulidad.

—¿Tú... tú esperas que me lo crea...? —tartamudeó.

—No suelo esperar mucho —respondió Luc mordazmente—. Ayuda a evitar decepciones. Pero decidas creerlo o no, esos resultados son tan válidos como el día que me los dieron.

Peachy se mordió el labio, pensativa.

—¿Por qué? —preguntó al cabo de un momento—. Yo... quiero decir...

—Sé lo que quieres decir —replicó Luc sin sin inflexión en la voz—. Lo que no sé es la respuesta a tu pregunta.

Ella se quedó mirándolo, intentando calibrar su expresión, pero fue inútil.

—Si has guardado celibato durante seis meses, debe haber una razón.

Luc torció el gesto.

—Bueno, creo que podemos descartar la que te ha hecho conservar tu virginidad hasta los veintitrés años, cielo —repuso él—. Con toda certeza yo no me he abstenido con la esperanza de que mi próxima compañera de cama fuese el amor de mi vida.

Por un momento, Peachy creyó que se estaba burlando de ella, y se sintió herida, pero entonces se dio cuenta de que el desdén de su voz iba dirigido contra sí mismo, y se compadeció de él.

—Luc...

—Perdona, Peachy —dijo él apresuradamente—. Ha sido vil decir eso. Lo siento.

Ella tragó saliva.

—No... no importa.

Luc sacudió la cabeza, y Peachy vio que apretaba los dedos en el volante hasta que se le pusieron blancos los nudillos.

—No había pensado en ello hasta hace poco —confesó él al cabo de varios embarazosos segundos—. En que hace seis meses que no he tenido... relaciones sexuales —se detuvo, sin saber muy bien qué decir—. He estado tan inmerso en mi nuevo libro que no me había dado cuenta. O si lo he hecho, me ha importado un comino —sacudió la cabeza otra vez—. Dios. No sé cómo explicártelo...

—No importa, Luc —repitió Peachy con firmeza—. No me debes explicaciones.

Hubo una pausa.

—Algunas personas podrían verlo de otra manera, dado nuestro acuerdo —señaló él finalmente, mirándola.

Peachy hizo un esfuerzo por sostenerle la mirada.

—Yo no soy «algunas personas», muchas gracias —levantó la barbilla. Yo soy yo.

—Tienes razón —Luc volvió a concentrarse en la carretera—. Aún así...

—Aún así... ¿qué? —preguntó ella.

Luc no dijo nada. Entonces, mirándola brevemente de reojo, le puso la mano sobre la rodilla y se la acarició con sus dedos encallecidos, trazando una espiral sobre su piel. Aunque el contacto fue ligero, estaba cargado de erotismo.

Peachy exhaló un tembloroso suspiro cuando Luc deslizó sus dedos hacia dentro en una exquisita caricia. Un espasmo de placer la sacudió, y se mordió el labio, para no gemir. Una espiral de calor descendió por su vientre, y Peachy sintió que se humedecía entre los muslos. La necesidad de arquearse y de aprisionar la mano de Luc entre sus piernas era irresistible.

Y entonces, de pronto, se acabó. Luc llevó su mano de nuevo al volante, con la mirada fija hacia delante.

—El hecho de que lleve seis meses sin practicar, ¿no te da qué pensar? —preguntó él como si tal cosa.

Peachy ahogó un tembloroso suspiro, e hizo un esfuerzo para mirar el perfil de Luc. Algo en su rostro sugería que no estaba tan impasible como parecía. Una vena le palpitaba visiblemente en la sien.

Luc detuvo el vehículo. Peachy miró a su alrededor y vio que habían llegado a su destino, un destartalado edificio de madera al borde de un pantano. Había un modesto cartel luminoso en la entrada que decía: Remy & Lorraine's.

—¿Peachy? —dijo Luc, tomándole la barbilla, y mirándola fijamente—. ¿Te da qué pensar?

Un soplo de brisa agitó el cabello de Peachy, y se lo retiró de la cara con los dedos, mientras pensaba su respuesta.

73

—En realidad —dijo pausadamente, ladeando la cabeza—, creo que me gusta la idea de ser el motivo de tu retorno.

Hubo una pausa, y la expresión imperturbable de Luc cambió.

—¿Sólo... crees? —preguntó él, con insinuación en la voz.

—Pues... yo... —empezó ella.

—¡Lucien, amigo mío! —una vivaz voz masculina emergió de la puerta del local—. ¡Peachy, pequeña! ¡No podéis entrar con el coche, sabéis! Así que aparcarlo por ahí y venid a probar lo que Remy a preparado.

Era una invitación que Pamela Gayle Keene no pudo rechazar.

Ni, por lo visto, Lucien Devereaux tampoco.

—Ya —jadeó Peachy, exhausta, cuando Luc la hizo girar expertamente al final de una rítmica melodía—. Por favor.

—¿Has tenido bastante, hmm? —dijo su pareja, pasándose los dedos por el pelo sudoroso.

—De momento —admitió ella, separándose la tela de algodón de su vestido del cuerpo, aliviada de que Luc estuviese tan sudoroso como ella—. Dame unos minutos y estaré lista otra vez.

Sonriendo, Luc le rodeó la cintura con el brazo, y la condujo a su mesa. A los pocos segundos de su llegada apareció una camarera con minifalda y un despampanante peinado, con dos vasos de té helado. Dejó el de Peachy sobre la mesa sin más, pero a Luc se lo puso delante, batiendo sus pestañas y mostrándole su atrevido escote.

—¿Algo más? —preguntó la chica sin dejar de pestañear.

—No, gracias —dijo Luc con una cordial sonrisa.

—Muy bien.

La mujer hizo un mohín, se dio media vuelta y se alejó.

—Eso sí que es contonearse —observó Peachy con acritud, observando el bamboleo de las voluptuosas caderas de la camarera, y tomó su vaso.

—No, cielo —la contradijo Luc con una carcajada—. Eso es una exageración.

Peachy dio un sorbo de té helado.

—Pensaba que a los hombres les gustaba.

—A algunos hombres —Luc tomó su vaso y bebió—. Algunas veces.

—¿Y eso qué significa?

—Significa que está bien que te lo pongan en bandeja, pero hay ocasiones en la que uno disfruta mucho más cuando tiene que ganárselo.

Peachy se abanicó el rostro.

—¿Y tú has tenido que ganártelo alguna vez, Luc? —le preguntó ella, dejando su vaso.

Él levantó una ceja.

—¿Exceptuando mi pareja actual?

Fue una curiosa respuesta.

—Pues... supongo.

—Entonces no. La verdad es que no —Luc pasó la mirada de los ojos de Peachy a sus labios, y de ahí a su colgante, volviendo a sus ojos de nuevo—. Nada bueno. Probablemente me habría venido bien.

Remy Sinclair y su reciente esposa, Lorraine, se acercaron a su mesa a charlar un rato. Todo lo que

Peachy y Luc tuvieron que hacer fue escuchar y reír.

—Hacen una pareja estupenda —dijo Peachy cuando los Sinclair se fueron.

—No pegan, pero son una buena pareja —admitió Luc.

—¿Te has preguntado alguna vez cómo ellos... bueno... —Peachy se detuvo, arqueando sus delicadas cejas.

Los oscuros ojos de Luc chispearon provocativamente.

—Más de una vez, cielo.

Volvieron a bailar después de aquello. La música era en su mayoría movida, pero ocasionalmente tocaban alguna melodía romántica. Fue al final de un vals cuando Peachy le preguntó a Luc la hora.

—¿Las once? —Peachy parpadeó con incredulidad—. No tenía ni idea.

—El tiempo vuela cuando te lo pasas bien —observó Luc, metiéndose las manos en los bolsillos de los vaqueros y balanceándose sobre los talones.

Peachy se ahuecó el cabello.

—Pu... puede decirse.

—Pero todo tiene un final.

—También es cierto.

Luc la estudió durante unos momentos y entonces preguntó:

—¿Quieres irte ya a casa, cielo?

Peachy vaciló, preguntándose lo que significaría irse a casa.

—Es tarde —dijo finalmente, sintiendo calor en las mejillas.

—Y mañana tienes que madrugar.

Peachy pensó que eso signifaba que no sería esa noche.

—Tienes razón, Luc —admitió ella, esbozando una sonrisa—. Deberíamos volver. Espérame, voy un momento al servicio.

—Te espero en la mesa.

El servicio de señoras estaba muy concurrido, y Peachy tuvo que esperar un rato antes de poder entrar. Después se abrió paso hacia el lavabo para lavarse las manos, y se echó un vistazo en el espejo, arreglándose un poco el pelo y retocándose el maquillaje de los ojos.

Estaba a punto de salir cuando oyó un grito seguido de varios golpes y de cristales rotos. Al cabo de un instante, entró Lorraine Sinclair.

—No os alarméis, chicas —dijo ella, gesticulando para que se calmasen—. Sólo son unos muchachos armando jaleo y un par de hombres enderezándolos.

Se oyeron varios golpes más, seguidos de voces inarticuladas y más cristales rotos. Peachy se amedentró ante la violencia que implicaba el ruido. ¿Qué diantres estaría pasando ahí fuera? ¿Estaría Luc involucrado?

Se oyó un fuerte golpe, y el suelo pareció vibrar. Un momento después un puño tatuado atravesó la puerta del servicio de señoras. Varias mujeres chillaron. El puño desapareció enseguida.

—¡Maldita sea! —exclamó Lorraine, hecha una furia—. ¡Es la tercera puerta en cuatro meses!

Más golpes. Más voces. Más cristales rotos.

Y entonces, de pronto, hubo silencio.

—Dios mío, han debido matarse unos a otros —dijo una rubia teñida a la que no parecía que le desagradase mucho la idea.

Un momento después alguien llamó suavemente a la puerta rota.

—¿Peachy? —dijo una inconfundible voz masculina con calma—. No quiero meterte prisa, cielo. Pero si no nos vamos ya, va a amanecer antes de que lleguemos a casa.

Luc no recordaba la última vez que había utilizado el ascensor en su residencia de Prytania Street. Era un estrafalario artefacto que casi nunca se detenía en el piso indicado y que frecuentemente se negaba a abrir del todo las puertas, cuando lo hacía. Y sumamente lento.

Sin embargo, cuando Peachy sugirió que subiese a su apartamento en el ascensor en vez de por las escaleras, Luc accedió rápidamente.

—¿Estás seguro de que no quieres ir a urgencias? —le preguntó Peachy, apretando el botón del cuarto piso.

—No es necesario —respondió Luc, sacudiendo la cabeza—. No estoy tan mal como parezco.

—Eso espero —Peachy lo estudió, frunciendo el ceño—. Puedo llevarte al hospital, si quieres...

—Llevarme, ¿hmm? —Luc sonrió con la boca torcida—. Admítelo, cielo. En realidad no te importa mi estado. Te mueres por volver a conducir mi deportivo.

—Oh, es cierto —replicó ella—. Una vez detrás del volante y me he vuelto una obsesa del automóvil.

Peachy se volvió, y apretó el botón del cuarto piso otra vez. Al cabo de un momento empezó a dar golpecitos en el suelo con el pie, murmurando por lo bajo.

Luc se recostó en el ascensor, observando divertido la pequeña exhibición de mal genio de Peachy.

—Vamos, vamos —urgió ella al ascensor cuando finalmente sus puertas empezaron a cerrarse.

—Despiértame cuando lleguemos al cuarto —le pidió él, cerrando el ojo izquierdo.

El derecho ya lo tenía bien cerrado de la hinchazón.

—La somnolencia puede ser un síntoma de una conmoción, sabes.

Luc levantó el párpado izquierdo justo en el momento en el que Peachy bostezaba.

—También puede ser un síntoma de querer dormir porque es más de media noche.

—Sí, bueno, peor si resulta que tienes un contusión o algo...

Su voz se desvaneció cuando el ascensor se puso en marcha con una sacudida y empezó a ascender lentamente.

Luc miró a Peachy. Ella no apartaba la vista del panel de control y manoseaba su colgante.

Entonces deslizó la mirada hacia la tierna tungencia de sus redondeados pechos, y pudo ver sus pezones marcándose sutilmente en la tela de su vestido.

El ascensor se detuvo con una sacudida, y al cabo de un momento, la puerta se abrió, chirriando. Al mirar el panel de control, Luc se dio cuenta de que estaban en el tercer piso.

—¿Por qué no vamos a mi casa? —sugirió Peachy de pronto.

Luc se quedó mirándola, demasiado atónito para hablar.

—¡Oh, por Dios santo! —exclamó ella, mirándolo furiosamente—. No me refería a *eso*. Tengo un botiquín en mi apartamento. No estaba planeando atraerte a mi virginal dormitorio para avalanzarme sobre ti.

Luc se sintió avergonzado.

—Perdona —dijo al cabo de unos segundos, buscando la manera de explicar su error—. No estoy acostumbrado a que la gente se ofrezca a... curar mis heridas.

—Ya —fue la sarcástica respuesta—. Me pregunto por qué será.

Hubo una larga pausa. Finalmente Luc respiró profundamente y dijo en tono afable:

—Ese botiquín tuyo, cielo, ¿tiene tiritas que no duelan al despegarse?

Peachy bajó un poco su barbilla.

—Tal vez —respondió, todavía un poco ofendida, pero en sus tiernos labios asomó una sonrisa—. Pero estoy segura de que el desinfectante que tengo garantiza que no escueza.

El desinfectante sí que escocía, desde luego. Una vez que entraron en el apartamento, Peachy hizo entrar a Luc al cuarto de baño mientras ella iba a la cocina a por hielo.

El aire estaba impregnado de la fragancia de Peachy, embriagándolo. Y no pudo ignorar la presencia de dos braguitas y un sujetador de encaje que colgaban de la barra de la cortina de la ducha. Tentado, iba a tocar una de las delicadas prendas, cuando apareció Peachy en la puerta, con una bandeja de cubitos de hielo, y varias toallas. Él retiró la mano rápidamente, sintiéndose un pervertido.

—Oh, no —gimoteó ella, dejando caer la bandeja en el suelo—. Lo había olvidado por completo...

Dejando las toallas, pasó junto a él y recogió su ropa interior, metiéndola en un cesto que había en una esquina. Después se volvió hacia él, completamente ruborizada.

—Lo siento, Luc —dijo ella, e hizo una mueca de desagrado al ver el hielo y la bandeja por el suelo—. Dios, qué patosa soy a veces.

—No te preocupes, cielo —dijo él rápidamente—. Déjame ayudarte a recogerlo.

—¿Por qué no te sientas? —le invitó ella una vez que pusieron los cubitos en el lavabo, y le señaló el retrete—. Así me resultará más fácil curarte.

Luc pronto descubrió que ella tenía un tacto delicado. Y también que ella era extraordinariamente sensible a sus reacciones físicas. Si él hacía una mueca de dolor, ella se estremecía. Si él aguantaba la respiración, ella se mordía el labio tan convulsivamente que él pensaba que se iba a hacer sangre.

—Peachy —dijo Luc finalmente, agarrándole las muñecas—. Es obvio que esto te está doliendo más a ti que a mí. Déjame que siga yo.

Ella lo miró con sus ojos verdes muy abiertos.

—No —sacudió la cabeza, y su melena se agitó sobre sus hombros—. Ya casi he terminado.

—¿Estás segura?

—Totalmente.

Se soltó de él, y se inclinó, ofreciéndole una provocativa visión de la curva superior de sus pechos.

Luc sintió que el aire se le atoraba en la garganta, y una oleada de calor amenazó su autocontrol. Eróticas imágenes pasaron por su mente, y apretó los puños a sus costados, cerrando los ojos.

—¿Suele ocurrirte esto amenudo? —preguntó Peachy.

—¿El... qué? —acertó a decir Luc—. ¿Meterme en las peleas de otros y que me den una paliza?

Peachy chasqueó la lengua ante esa descripción.

—Remy dijo que menos mal que estabas allí. Que si no, se le habría escapado de las manos.

—Remy es propenso a exagerar.

Luc abrió los ojos. Peachy se enderezó, mirándolo con solemnidad.

—Vi cómo te miraban los otros hombres cuando nos fuimos.

—Probablemente se preguntaban por qué me iba a casa con la mujer más guapa del local.

Ella rechazó el cumplido, sacudiendo la cabeza.

—Te contuviste, ¿verdad? —dijo Peachy—. Ayudaste a acabar con la pelea como dijo Remy, pero te contuviste. Podías haber hecho mucho más daño, y esos hombres lo sabían.

Luc exhaló un áspero suspiro.

—Probablemente —dijo sin más.

—¿Y lo has hecho?

—¿El qué? ¿Más daño del que he causado esta noche?

Peachy asintió con la cabeza.

—Sí.

—¿En el ejército?

—Sí —la miró, sin saber la razón de aquel interrogatorio—. ¿Quieres detalles?

—¡No! —exclamó ella—. Claro que no.

—A algunas mujeres les gusta, cielo.

—¿Por qué? —lo miró con los ojos como platos.

Él se encogió de hombros.

—Las excita.

Peachy se llevó la mano al colgante, y por segunda vez Luc se sintió avergonzado.

82

—No puedo imaginármelo —dijo Peachy con suavidad—. Quiero decir que... lo que hayas hecho, hecho está. Pero ése no eres tú, Luc.

—Tal vez sí.

—No.

Luc la tomó por la cintura, y ella se tambaleó ligeramente.

—Tú no me conoces —dijo él, con amargura en la voz.

—Yo creo que sí —dijo Peachy, con una sonrisa de sabiduría femenina que iba más allá de la experiencia sexual.

—Peachy... —empezó él, apretándole la cintura.

—¿Peachy?

La segunda invocación de su nombre llegó un segundo después de la primera, dejándoles a ambos pasmados. La posterior aparición de Laila Martigny en bata en la puerta del cuarto de baño, hizo que Luc se levantara de un salto y que Peachy se apartase rápidamente de él.

—Oí un ruido y después unos sonidos extraños —dijo la psicóloga con total aplomo, pasando la mirada de uno a otro—. Me preocupé, así que subí —extendió su elegante mano y les mostró un manojo de llaves—. Encontré esto en la puerta.

Capítulo Siete

Si Peachy fuese paranoica, pensaría que había un complot para impedir que Luc y ella estuviesen juntos.

Ya habían pasado dos semanas desde que había jurado perder su virginidad, y ocho días desde que Luc prometió ayudarla.

Peachy empezó a quitar las sábanas de su cama a tirones, sacudiendo la cabeza ante su mórbido escenario. Se dijo a sí misma que pronto ocurriría, y podría continuar con su vida.

Suspiró, deseando que hubiera alguien con quien hablar de su situación, pero consciente de que no la había. Su madre estaba en un crucero de segunda luna de miel. Tampoco podía contar con Eden. Se imaginaba la reacción de su hermana mayor si le contase lo que pensaba hacer.

Peachy exhaló otro suspiro. Contárselo a una de sus vecinas... ni hablar. En otras circunstancias habría considerado la posibilidad de sincerarse con Laila Martigni, pero dada su actitud maternal hacia Luc la madrugada del martes, confiar en ella parecía poco recomendable.

Recordó la inesperada llegada de Laila aquella noche. Algo había estado a punto de ocurrir entre Luc y ella, y su vecina de abajo lo había echado a perder. No a propósito, desde luego. Pero el resultado había sido el mismo que si lo hubiese hecho deliberadamente. Si la interrupción se hubiese producido unos minutos más tarde...

Peachy se echó sobre la cama y se quedó mirando el techo, intentando ignorar el repentino endurecimiento de sus pezones.

Desde aquella noche, Luc y ella no habían podido verse ni diez minutos. El martes por la tarde se lo encontró arreglando un fallo eléctrico que afectaba a todo el edificio, y apenas se saludaron.

Las perspectivas para un encuentro el miércoles parecían prometedoras. Se habían encontrado en el vestíbulo cuando Luc volvía de su ejercicio matutino y ella se marchaba a trabajar. Después de cerciorarse de que estaba recuperado de sus heridas, Peachy le había propuesto que pasara por su apartamento por la noche.

—Para hablar —había dicho ella—, o lo que sea.

Él había sonreído, y había asentido.

Luc había llamado a su puerta podo después de las siete. Apenas habían pasado de preguntarse «qué tal el día» cuando aparecieron las MayWinnies con una caja de chocolates y varios miles de fotografías de su último viaje a Tokio.

Aunque ya había visto las fotos dos veces, y no le entusiasmaba el chocolate, Peachy no tuvo valor de decirles que volviesen en otro momento, y las hizo pasar.

Ellas aceptaron gustosas, mostrando su desconcierto ante la presencia de Luc. Peachy se apresuró a explicarles que había ido a cerciorarse de que todo iba bien tras el corte de luz. Él había apoyado su versión sin titubeos, y se había marchado.

Las MayWinnies, desde luego, se quedaron durante un buen rato.

El jueves resultó ser una variación sobre lo mismo.

Otro encuentro en el vestíbulo; otra propuesta para hablar... o lo que fuese.

—Pero esta vez intentémoslo en mi casa —había sugerido Luc.

Peachy subió a la misma hora que él había bajado el día anterior. A los pocos minutos apareció Francis Smythe con unos sandwiches y unas cervezas, aduciendo que echaban un documental en la televisión, y que su aparato no funcionaba. Peachy había dicho que era hora de irse y había vuelto a su apartamento.

Tampoco recordaba haberle prometido a Terry que asistiría a su espectáculo el viernes por la noche, pero él se había presentado en su apartamento, insistiendo en que sí lo había hecho, y advirtiéndole que le destrozaría que no cumpliese su promesa.

Así que Peachy había abandonado su intención de subir al apartamento de Luc. Al final, la velada con Terry y sus amigos resultó divertida. Recibió buenos consejos sobre cómo maquillarse, y se enteró de lo que los miembros del sexo opuesto querían realmente.

Peachy suspiró por tercera vez. Ella sí sabía lo que quería realmente. ¿Por qué no hacía algo al respecto? Sus pensamientos derivaron hacia a algo que Luc le había dicho la primera vez que habían salido juntos.

—Todo lo que ocurra entre nosotros, será decisión tuya —le había dicho él.

Peachy levantó la barbilla. No era suficiente decirle a Luc lo que ella había decidido. Tenía que demostrárselo.

Tenía que incitarlo.

No. Más que eso.

Tenía que seducirlo.

Lucien Devereaux supo que tenía problemas en el momento que recogió la perfumada invitación que habían deslizado por debajo de su puerta poco antes de las cuatro de la tarde. Pero no supo medir el calibre de los mismos hasta que se presentó en el apartamento de Peachy a la hora señalada.

—Me alegro que hayas podido venir, Luc —dijo Peachy, haciéndole pasar.

—Me alegro que me hayas invitado —replicó él, observando que ella cerraba la puerta con llave.

Peachy llevaba un vestido de gasa de color crema, que Luc recordaba haber visto antes, pero no recordaba que se le ciñera a las caderas y a los muslos de esa manera. Tampoco recordaba que el corpiño estuviese abierto hasta el punto de mostrar el canalillo entre sus pequeños pechos de forma tentadora.

Había también algo distinto en su rostro y en su peinado. Sus ojos, con sus largas pestañas, tenían un nuevo y misterioso encanto. Su boca parecía más carnosa y madura, y sus abundantes rizos cobrizos tentaban a sus dedos como no lo habían hecho nunca.

Luc sabía que parte del cambio en el aspecto de Peachy se debía a artificios cosméticos, pero su intuición le decía que la verdadera transformación era interior. Parecía más segura de sí misma e infinitamente más consciente de su sensualidad. Casi como si...

Luc se puso rígido, convencido de que Peachy lo había hecho. ¡Por todos los santos! ¡Lo había hecho con otro!

La intensidad de su ira era indescriptible ante esa posibilidad. El sentimiento posesivo que había experimentado seis noches atrás, ante la intención de las MayWinnies de emparejarla con su sobrino, era mínimo en comparación con lo que sentía en ese momento.

—¿Luc?

Su nombre le llegó a través de la distancia, acompañado de un suave tirón de su manga. A pesar de ser un contacto casi imperceptible, le quemó como un hierro al rojo vivo.

Luc comprendió que su reacción era irracional. Si Peachy había entregado su virginidad a otro, él era libre, y al parecer eso era lo que quería desde que había aceptado su demencial propuesta.

—¿Luc? —repitió Peachy—. ¿Ocurre algo?

Luc soltó el aire contenido, y sacudió la cabeza.

—No.

—¿Entonces qué...?

—Eres tú —dijo Luc sin titubear—. Pareces... diferente... esta noche.

Peachy se ruborizó.

—¿De verdad lo crees?

—Sí, lo creo de verdad —respondió él, sorprendido de la firmeza de su propia voz.

—Me alegro.

—¿Ha ocurrido... algo?

—En cierto modo —Peachy lo tomó del brazo y lo apartó de la puerta—. Me di cuenta de que estaba siendo injusta contigo.

—¿Injusta... conmigo? —Luc no esperaba esa respuesta.

—No es suficiente decirte que deseo perder mi virginidad, Luc —le explicó ella con dulzura—. Debo demostrártelo.

Hubo una pausa. Luc evaluó varias vías de escape. Finalmente se aclaró la garganta, y preguntó:

—¿Y eso es lo que pretendes hacer esta noche? ¿Demostrármelo?

Peachy sonrió. Sus labios parecían esmaltados con una mezcla de miel y vino. Luc tuvo que controlarse para no inclinar la cabeza y descubrir si esos labios sabían tan embriagadores como parecían.

—He estado tan preocupada de que me facilitases las cosas —dijo Peachy—, que no se me ha ocurrido pensar en facilitártelas a ti.

Luc aspiró profundamente, empezando a comprender el cambio producido en Peachy, y comprendiendo que las posibilidades de desviar su decisión eran mínimas... si no eran ya nulas.

Pamela Gayle Keene aún deseaba perder su virginidad, y si él se mostraba reticente a colaborar en su iniciación a los placeres de la carne, buscaría a otro que lo hiciera.

Demonios. ¡Con lo que ella sabía que podía ofrecerle a un hombre, habría voluntarios haciendo cola, rogando hacerle el servicio!

Muy bien. Haría lo que ella quería. Una sola vez, sin ningún compromiso. Y después...

—No es «algo sin importancia», Peachy.

Algo brilló en los ojos de Peachy.

—Ya lo sé —dijo ella—. Y también sé que estoy segura de lo que hago.

A pesar de su limitada experiencia, Peachy demostró un gran talento para montar un escenario de seducción. Había decorado su apartamento con docenas de ramos de flores, y suficientes velas para iluminar una catedral. La música de Frank Sinatra que sonaba en el tocadiscos conmovió a Luc. Esperaba no haberle comentado su debilidad por Tony Bennett.

Peachy había preparado un aperitivo de presuntos afrodisíacos que comenzó con ostras y concluyó con fresas bañadas en chocolate, sentados ante una mesa con cubertería de plata y vajilla de cristal que él reconoció como propiedad de las MayWinnies.

Estaba de más decir que Peachy sirvió champán. Entre la tercera y la cuarta copa, Luc consideró la posibilidad de embriagarse hasta el extremo de no poder cumplir, pero rechazó la idea, recordando lo que Peachy le había contado de su baile de graduación.

—Todo está muy tranquilo esta noche —comentó él una hora después de su llegada.

Observó a Peachy hincar los dientes en la carnosa fresa de color rubí cubierta de chocolate, y el corazón empezó a latirle como un tambor. Su anfitriona se pasó la lengua por el jugo que rebosaba por sus labios antes de responder.

—Eso es porque somos los únicos que estamos en casa.

—¿Y eso? —Luc cambió su posición ligeramente, estirando las piernas debajo de la mesa.

—Terry está trabajando —un mordisquito a la fresa—. Las MayWinnies se han ido a Baton Rouge a pasar el fin de semana —otro mordisquito—. Y el señor Smythe y Laila han salido.

—¿Juntos?

Rizos de fuego brillaban a la luz de las velas. La cremosa piel blanca adquirió un tenue resplandor.

—Mmm, hmm. Les he visto salir agarrados del brazo hace una hora y media.

—Interesante.

—Mucho.

Peachy terminó sus fresas, y empezó a chuparse la yema de los dedos, con expresión soñadora. Luc volvió a cambiar de postura y entrelazó las manos, respirando hondo para controlarse.

El embriagador perfume de las flores mezclado

con el sutil aroma de la cera de las velas impregnaba el aire.

Frank Sinatra dejó de cantar. A los pocos instantes, empezó Tony Bennett.

La invitación era inevitable. Irresistible.

—¿Quieres bailar, cielo?

—Sí, por favor —respondió Peachy con la voz tan ronca como la suya. Luc se levantó, y rodeó la mesa. Le tendió la mano. Peachy la tomó. La levantó y la rodeó con sus brazos.

Sus cuerpos se amoldaron sin esfuerzo, moviéndose instintivamente al son de la romántica melodía.

Luc cerró los ojos, aspirando la fragancia de Peachy. Deslizó la mano por su espalda, deleitándose con el estremecimiento que la recorrió en respuesta a su caricia.

—Por favor —susurró ella, moviendo las caderas con insinuante languidez.

—Shh —la tranquilizó él, decidido a prolongar esa única vez

Abriendo los ojos, inclinó la cabeza y la besó en el cuello. Sintió la aceleración del pulso de Peachy bajo sus labios.

—Quiero...

—Lo sé —le aseguró Luc, hallando la cálida ternura detrás de su oreja—. Pero no hay motivo para correr.

Continuaron bailando.

Provocándose. Seduciéndose. Tentándose.

La música se hizo más lenta, y ellos moderaron su movimiento, ajustándose en un abrazo sensual.

Susurrando su nombre, él le acarició los labios con los suyos. Ella se abrió como una flor, y asomó su lengua para tocar la de Luc, que emitió un gemido involuntario desde el fondo de su garganta.

—Ahora —le urgió ella—. Por favor.

—¿Estás segura, Peachy?

—Sí, Luc —deslizó las manos extendidas por el pecho de Luc—. Oh, sí.

Luc levantó a Peachy en brazos y se dirigió al dormitorio. Ella se acurrucó en sus brazos, apoyando la cabeza en su hombro. Luc la estrechó, murmurando promesas protectoras que jamás había pronunciado antes. Su corazón golpeaba... golpeaba... golpeaba.

Había dado cinco o seis pasos cuando se dio cuenta de que los golpes no provenían de su corazón. Alguien estaba aporreando la puerta del apartamento de Peachy.

—¿Qué...? —exclamó ella, levantando la cabeza.

Luc dejó a Peachy en el suelo, y parpadeó varias veces, intentando aclarar su mente.

—¡Policía de Nueva Orleans! —gritó una voz masculina—. ¡Abran la puerta!

Peachy no sabía si llorar, chillar o patalear. Se apartó de la puerta que acababa de cerrar de un portazo tras un equipo de apesadumbrados miembros de la Policía de Nueva Orleans, y entró en el salón pisando fuerte.

—¡Maldita sea! —exclamó, arrojándose en el sofá y apretando lo puños hasta clavarse las uñas—. ¡Al demonio con todo!

—Lo siento —dijo Luc, sentándose a su lado.

—¿Por qué? —ella se apartó cuando sus piernas se rozaron—. No ha sido culpa tuya.

—Yo soy el que se parece al asesino que apareció en la televisión. ¿Cómo se llamaba el programa? ¿«Ayude a Cazar a los Criminales más Brutales de América»?

El tono irónico de Luc le provocó a Peachy una risita involuntaria, y tragó saliva.

—Algo así —dijo ella.

—De modo que debo cargar con algo de responsabilidad de lo que ha sucedido.

Otro impulso risueño le hizo cosquillas en la garganta. Al soltarlo, Peachy se sintió mejor.

—Si te empeñas.

—Aunque probablemente me merezco algún reconocimiento por manejar tan bien la situación.

Ella lo miró de reojo.

—¿Porque tu amiguito de la zona de aparcamiento prohibido ha resultado estar de servicio esta noche?

—Exacto.

—No pareció reconocerte al principio.

—Es difícil identificar a un sospechoso cuando estás devorando con la mirada a alguien que podría ser su cómplice.

Ella tardó unos momentos en comprender.

—¿Estás diciendo que ese policía me estaba devorando con la mirada?

—Eso parecía —afirmó Luc con una maliciosa sonrisa.

Peachy sintió un escalofrío al recordar la escena demencial que había tenido lugar en su apartamento tras la irrupción de la policía. Tenía grabada la imagen de Luc interponiéndose entre ella y los policías uniformados. Sus movimientos habían sido rápidos y seguros, con la clara intención de protegerla.

—No te han hecho daño, ¿verdad? —preguntó ella al cabo de un momento.

Él sacudió la cabeza.

—No.

Permanecieron en silencio durante un minuto. Peachy suspiró y cerró los ojos.

—¿Crees que la policía hace estas cosas a menudo? —preguntó ella finalmente.

—¿El qué? ¿Interrumpir a dos adultos a punto de acostarse juntos porque han recibido una llamada anónima sobre un posible asesino?

Peachy abrió los ojos. No quería recordar lo cerca que habían estado de cumplir su cometido.

—¿Quién haría una cosa así?

—¿La llamda anónima?

Ella frunció el ceño, intentando hallar sentido a lo que había sucedido.

—¿Crees que puede haber sido una broma de alguien?

—Tengo amigos que tienen una noción bastante extraña de lo que es una broma —admitió Luc, pasándose la mano por el pelo—, pero ninguno llegaría al extremo de mandarme a la policía.

—¿Y qué me dices... —Peachy vaciló—... de enemigos?

—También tengo algunos, pero actualmente se divierten haciendo críticas repugnantes sobre mis libros.

—¿Entonces crees que ha sido un error?

—Yo me inclinaría a pensar que sí.

Peachy suspiró, y luego murmuró:

—Tendré que atribuirlo al complot para evitar que pierda mi virginidad.

—¿Cómo dices?

—Nada —dijo ella, sintiendo que se ruborizaba.

—¿Crees que hay una conspiración para mantenerte casta, cielo?

—No —Peachy forzó una carcajada—. Claro que no.

—¿Entonces, por qué...?

Nerviosa por el interés que mostraba Luc, exclamó:

—¡Porque me siento frustrada!

Luc la miró pensativamente unos instantes.

—¿Quieres hacer el amor ahora?

La pregunta la pilló desprevenida.

—¿Y... y tú? —tartamudeó finalmente.

Los labios de Luc se curvaron en una sonrisa.

—Las damas primero.

Ella tragó saliva, dividida por sentimientos encontrados. Quería hacerlo, pero no así, como si fuera una tarea doméstica en una lista de cosas que había que hacer.

Finalmente, incómoda, respondió:

—Ya... ya no estoy de humor, Luc.

—Una redada policial no es precisamente tu idea de un preludio pasional, ¿hmm?

—Sólo es algo temporal —sostuvo ella—. Es decir, aún quiero... hacerlo. Pero no esta noche. No después de lo que ha ocurrido.

—Lo comprendo.

—¿Y tú?

—¿Yo qué?

—¿Has cambiado de opinión?

—No.

La respuesta fue inmediata e inequívoca. Debería haber sido reconfortante, pero a Peachy no le resultó así, y sintió la necesidad de insistir.

—¿Quieres hacerlo?

—¿El qué? ¿Cambiar de opinión?

—No —Peachy sacudió la cabeza, preguntándose si se estaba haciendo el tonto deliberadamente—. ¿Quieres... quieres hacer el amor conmigo?

Luc la miró fijamente, y dijo:

—Te prometí que lo haría.

—Porque te lo pedí.

—Peachy...

—Me rechazaste al principio, Luc, ¿recuerdas? Y luego cambiaste de opinión sin dar ninguna explicación. Sólo dijiste que harías lo que yo quería. Pero cuando recuerdo el momento de pedirte... cuando pienso en las razones que te di para creer que lo harías... —hizo un gesto, reproduciendo la escena en su mente—. Dios, debió parecerte que pensaba que te acostarías con... con cualquiera.

—No fue tan duro —replicó Luc con desconcertante suavidad—. Pensé que me atribuías ciertas cualidades.

—La mayoría de los hombres se habrían sentido insultados.

—Quizás. Pero igual que tú no eres «algunas personas»... yo soy yo, no «la mayoría de los hombres».

Ella meditó esa afirmación, pero se dio cuenta de que él estaba esquivando la cuestión de por qué había aceptado, después de negarse.

—No soy tu tipo, ¿verdad? —aventuró.

—¿Y qué sabes tú de mi tipo, cielo?

Ella revisó mentalmente las fotografías que había visto en la prensa y los comentarios que había oído.

—Lo suficiente.

Se produjo un silencio. Finalmente Luc exhaló un largo y lento suspiro. El instinto le dijo a Peachy que Luc había tomado una decisión.

—Mañana por la mañana salgo de la ciudad —le dijo él quedamente—. Asuntos de libros, en Nueva York. Vuelvo el miércoles por la tarde. Hay un pequeño hotel en el Vieux Carre. Es tranquilo, discreto, y jamás lo ha visitado la policía. Podemos encontrarnos allí cuando termines de trabajar.

Peachy tragó saliva.

—¿Y entonces haremos...?

Luc levantó la mano y le puso el dedo índice en los labios. Peachy sintió que se le aceleraba el corazón.

—Si vuelves a estar de humor, cielo —respondió él—, sin ninguna duda.

Capítulo Ocho

El mensaje se lo entregaron en mano a Peachy en su trabajo el miércoles, noventa minutos antes de cerrar. Ella «había vuelto a estar de humor» hacía setenta y dos horas desde entonces.

—¿P.G.Kenne? —le preguntó el joven mensajero que apareció en el umbral de su puerta.

—Sí —afirmó Peachy un poco jadeantemente, poniéndose de pie.

El mensajero la había sacado de sus eróticos pensamientos sobre Luc.

—Bien —dijo el joven, entregándole un sobre, y sacando una tablilla y un bolígrafo—. Firme a continuación de la *X*, ¿de acuerdo?

Peachy así lo hizo. Su corazón se detuvo un instante al ver que el nombre garabateado a la izquierda de la *X* era L.Devereaux.

—Bien —repitió el mensajero cuando ella terminó.

El muchacho sonrió sin mirarla, se dio media vuelta y salió por la puerta.

Peachy volvió a su mesa de trabajo, y abrió el sobre.

Lo primero que sacó fue una llave, provocativa en su anonimato. Lo segundo era una nota escueta pero tentadora escrita con la misma letra que la firma anterior.

Habitación 408, decía. *Estaré esperándote.*

Dos horas después, Pamela Gayle Keene se encontró delante de una puerta de madera pintada de color

98

crema en la cuarta planta del pequeño hotel del que le había hablado Luc. Tenía las mejillas encendidas, y le temblaban las manos. Sintió un latido de anticipación entre los muslos.

Abrió el bolso.

Sacó la llave.

Su futuro amante estaría esperando.

Introdujo la llave en la cerradura, y abrió la puerta.

Entró.

—¿Luc? —preguntó, cerrando la puerta tras de sí.

—Aquí, cielo.

La queda respuesta llegó de la derecha. Peachy se volvió en esa dirección cuando Luc apareció entre unas vaporosas cortinas de gasa. A través de la sutil tela era visible la negra filigrana de una balustrada de hierro forjado. La fragancia a jazmines flotaba en la habitación.

Se quedaron ahí de pie sin decir nada durante casi un minuto, separados por escasos metros, mirándose.

Luc llevaba vaqueros negros y una camisa negra también. La severidad de su atuendo resaltaba la fuerte musculatura de su cuerpo y cincelaba el atractivo de sus facciones. Aunque inmóvil como una estatua, irradiaba una potente vitalidad.

Peachy tragó saliva, sintiendo que la sensual proximidad de Luc amenazaba con derribar su frágil compostura. Vio que los ojos de Luc se entrecerraban, escrutándola con intensidad.

—Esto es precioso, Luc —observó ella finalmente.

—Me alegro de que te guste.

—¿Has... —sus ojos verdes dorados se encontraron con los castaños de Luc—... estado aquí antes?

—No —respondió él simplemente—. Pero me lo han recomendado.

—¿Quién?

Una sonrisa asomó en la boca de Luc. Se dirigió hacia ella, deteniéndose a una distancia que casi se rozaban.

—Eso sería chismorrear, cielo.

Ella levantó la barbilla.

—Y eso es algo que tú no haces, claro.

—No si puedo evitarlo —Luc se detuvo un momento, y entonces preguntó—: ¿Te gustaría ver el resto de la suite?

Peachy contuvo la respiración, estremeciéndose.

—De acuerdo —asintió.

Él le tomó la mano. Sus palmas se encontraron y sus dedos se entrelazaron.

—Por aquí —dijo él con dulzura.

—Me temo que no lo voy a hacer muy bien —confesó Peachy con la voz temblorosa.

Habían pasado veinte minutos desde su llegada y el que sería su amante había hecho que se sentase en una enorme cama con dosel. El deseo de complacer vibraba en su interior, unido a un complejo conglomerado de emociones.

—Lo harás —fue la tranquila réplica.

—¿Cómo... —se le atoró el aire en la garganta cuando lo que había comenzado como una caricia tranquilizadora se tornó abiertamente sexual—... puedes estar tan seguro?

—La experiencia, cielo.

Entonces la besó.

Fue un beso largo y lento, excitante a la vez que tranquilizador. Peachy no era la única que temblaba cuando Luc levantó la cabeza.

—Dime lo que te gusta —la urgió él en un tono grave y aterciopelado.

—No lo sé —respondió ella un poco mareada cuando él empezó a desabrocharle la parte delantera del vestido—. Yo nunca...

—Entonces dime lo que deseas —se corrigió él un poco imperativamente.

Ella echó la cabeza hacia atrás. Luc le había soltado la trenza hacía unos minutos, y los rizos libres rebotaron en sus hombros.

Levantando la mano derecha, Peachy le acarició la mejilla a Luc, sintiendo la aspereza de la incipiente barba.

—A ti —le confesó ella en un susurro—. Te deseo a ti.

La mano de Luc se detuvo por un instante, y su mandíbula se tensó bajo la mano de Peachy.

—Sólo esta vez —añadió ella enseguida, recordándoselo tanto a sí misma como a él—. Sólo en este momento.

Descendió la mano por su musculoso pecho y oyó que él exhalaba un gemido. En pocos segundos el vestido estuvo abierto hasta la cintura.

Luc se lo deslizó por los hombros, bajándole la tela hasta medio brazo. Peachy tembló al sentir su piel desnuda, y aspiró profundamente la masculina fragancia de Luc.

—Preciosa —declaró él roncamente, capturando la tungencia de sus senos—. Eres... preciosa.

Ella se arqueó hacia su caricia, y él apretó sus manos. Algo dentro de ella se contrajo como respuesta, y sintió que la sangre se precipitaba caliente por sus venas.

Se besaron otra vez. Profundamente. Deliberadamente. Deliciosamente. Peachy saboreó su nombre en los labios de Luc. Y él absorbió el sollozo de placer que ella emitió cuando deslizó sus dedos bajo el fino encaje del sujetador, y jugueteó con sus pezones.

La camisa de Luc cayó al suelo. Peachy lo besó en el cuello, y después le pasó la lengua por la base de la garganta. Cuando le encontró el pulso, comprobó que latía a gran velocidad.

—Peachy —murmuró él, con la voz ronca—. Oh, mi dulce... Peachy.

La tendió en la cama sin que ella casi se diese cuenta. Cuando deslizó la mano entre sus piernas, ella se retorció, levantando las caderas.

—Por favor —jadeó ella—. Por favor.

Luc se echó a su lado, y le abrió el sujetador con la mano que tenía libre. Deslizó los dedos por uno de sus senos, haciendo movimientos circulares con el pulgar sobre el pezón. Peachy se mordió el labio cuando un flecha de calor atravesó el centro de su feminidad.

Luc transfirió sus atenciones al otro pecho. Moldeándolo. Manoseándolo. Pero esa vez lo hizo con la lengua.

Peachy se aferró a sus anchos hombros como la noche que la había besado por primera vez, estremeciéndose de pies a cabeza. La presión empezó a aumentar en su interior, clamando por un desahogo que ella jamás había imaginado que experimentaría.

Más besos.

Más caricias.

Y entonces Peachy percibió un extraño olor. Un olor fuerte.

Algo pasaba.

—Luc —acertó a decir, separándose de sus labios por un instante.

—Lo sé, cielo.

Luc le mordisqueó el lóbulo de la oreja. Sus manos parecían estar en todas partes. Reconociéndola. Enseñándola. Descubriendo los secretos de su cuerpo y devolviéndoselos a Peachy con ardiente generosidad.

Peachy sacudió la cabeza.

—No —protestó—. No...

Luc se detuvo al oírla, y se puso rígido. Levantó la cabeza con expresión atónita.

—¿No? —repitió él en una ronca exhalación, con el rostro ensombrecido.

Peachy parpadeó.

—Oh, Dios —exclamó, horrorizada, apoyándose en los codos.

—Peachy...

Ella volvió a sacudir la cabeza, advirtiendo momentáneamente la desvergonzada vulnerabilidad de su postura. Sus muslos separados. La falda del vestido levantada.

—No —volvió a decir, sintiendo un rubor en todo su cuerpo—. Yo no... no quería...

En ese momento, la alarma de incendios empezó a sonar.

—¿Recuerdas esa conspiración que mencionaste el sábado por la noche, cielo? —preguntó Luc irónicamente horas después, en el ascensor de Prytania Street.

Peachy soltó una cansina carcajada, frotándose la nuca con la mano derecha. Le dolían las sienes. De frustracción. Y de la inhalación del humo.

—¿Crees que acerté? —preguntó ella cuando chirrió la puerta del ascensor al cerrarse.

—Pues...

—Déjame adivinar. Esos extraños amigos tuyos creen que sería exagerado hacer una llamada anónima a la policía, pero no pondrían reparos a prender fuego a un edificio.

Luc sonrió con el gesto torcido, y luego se puso serio.

—Lo siento, Peachy. De nuevo.

Ella hizo un gesto, rechazando su disculpa.

—Lo que ha sucedido esta noche sí que no ha sido culpa tuya.

—Yo elegí el hotel.

—Por recomendación de otra persona.

Se produjo una sacudida metálica, y el ascensor inició su laborioso ascenso.

Peachy cerró los ojos, sintiendo las vibraciones del suelo en su cuerpo de una manera evocadora. Pasó el peso del cuerpo de una pierna a otra, y la tela de su vestido rozó sus muslos.

—¿Te encuentras bien? —le preguntó Luc.

Ella abrió los ojos.

—Sí —respondió, esperando que su voz no le sonase a él tan ronca como le sonaba a ella—. Estaba pensando en esos hermosos edificios antiguos en llamas.

—Al menos todo el mundo salió sano y salvo.

—En parte gracias a ti.

—Todo lo que hice fue indicar cuál era la salida de incendios.

—Y bajar en brazos a una voluminosa mujer inconsciente los cuatro pisos por las escaleras.

Luc se encogió de hombros, igual que había hecho

con el reportero que había intentado entrevistarlo en la escena del incendio.

—Mejor inconsciente que histérica —dijo él, pasándose la mano por el cabello despeinado.

El ascensor pasó el segundo piso.

Peachy suspiró y se puso a jugar con su colgante, preguntándose por enésima vez si les habrían filmado con las cámaras de televisión. Esperaba fervientemente que no.

Nadie creería que no habían hecho nada. ¡Ni ella misma podía creerlo! ¡Llevaba trece días intentando perder su virginidad con Lucien Devereaux, y no lo había conseguido!

—¡Maldita sea! —exclamó Luc de pronto.

—¿Qu... qué? —preguntó Peachy, sobresaltada.

—Hemos pasado tu piso, cielo.

Ella miró a su acompañante como si no lo hubiera visto nunca.

—¿Peachy?

Algo peligrosamente parecido a un sollozo subió por su garganta, pero Peachy consiguió convertirlo en una pequeña carcajada justo antes de que llegase a sus labios, y dijo:

—Parece que se nos están pasando muchas cosas, Luc.

Él frunció el ceño. Dio un paso hacia ella. Por un momento pareció que iba a tocarla, pero se controló.

—No entiendo —dijo él, con la voz suave, casi tierna, igual que la expresión de sus ojos.

El ascensor se detuvo con una sacudida. Desprevenida, Peachy se tambaleó y casi se cae.

Luc la agarró, y la sujetó.

Entonces, la soltó.

—Lo... lo siento —dijo ella.

—No importa —replicó él.

La puerta del ascensor se abrió, chirriando. Luc utilizó el pie para evitar que volviese a cerrarse.

—¿Quieres entrar un rato? —preguntó él, señalando su apartamento con la cabeza.

Peachy vaciló.

—Yo... mejor creo que no.

—¿Por qué no?

—¿Después de todo lo que ha pasado?

—¿Esta noche, quieres decir?

—Y antes.

Luc ladeó la cabeza, con el ceño fruncido.

—¿Volvemos a la conspiración para mantenerte casta?

Peachy hizo un gesto de impotencia, confusa.

—Tal vez.

Hubo una pausa. Entonces, con mucho cuidado, él dijo:

—No voy a hacerte daño, Peachy.

Peachy sintió un nudo en la garganta. Su corazón empezó a palpitar a un ritmo errático, y tuvo que hacer esfuerzos para respirar.

—Lo sé —dijo ella finalmente, bajando la vista.

—¿Y... mañana?

—Eso... —Peachy se forzó a mirarlo—... no lo sé.

Luc parpadeó, y su rostro se quedó inexpresivo.

—Entiendo.

—Necesito tiempo —declaró ella.

—Oh, estoy seguro de ello.

—No es nada personal, Luc —insistió Peachy—. Quiero decir que...

—Entiendo lo que quieres decir —dijo Luc con calma—. Y estoy seguro de que no es así —le acarició ligeramente la mejilla con la mano—. Buenas noches, cielo.

Ya había salido del ascensor cuando Peachy encontró su voz.

—¡Luc! —gritó Peachy, sujetando la puerta del ascensor que había empezado a cerrarse.

Él se volvió, y la miró con expresión recelosa.

—¿Sí?

—¿Confías en mí?

Él espero un rato antes de contestar. Y cuando lo hizo, su respuesta la dejó más confusa que antes.

—Más de lo que confío en mí mismo.

Capítulo Nueve

Eran casi las once de la noche y Lucien Devereaux estaba pensando lo peor. Mientras se paseaba por la oscuridad de su apartamento como un animal enjaulado, estaba empezando a pensar lo impensable. No tenía ni idea de dónde estaba Peachy, ni de lo que estaba haciendo, ni con quién estaba.

No tenía ni idea si iba a volver a verla.

Su ignorancia estaba matándolo lentamente.

Luc sabía que Peachy estaba bien esa mañana, cuando se había ido al trabajo. La había contemplado desde su ventana, siguiendo el balanceo de sus caderas bajo el vestido color crema y melocotón que llevaba. También llevaba una pamela de paja con una coqueta cinta floreada.

Habían pasado quince horas desde entonces.

—Necesito tiempo —le había dicho ella el miércoles por la noche.

—Estoy seguro de ello —había replicado él, sin añadir que él también lo necesitaba.

Al día siguiente por la mañana había evitado a Peachy deliberadamente, intentando recuperar un poco las distancias. Se dijo que por la noche estaría preparado para verla.

Bien, esa noche había llegado, y se sentía menos preparado que por la mañana. Y la espera y la preocupación de las últimas horas le habían hecho darse cuenta de que distanciarse de Pamela Gayle Keene era tan doloroso como una amputación.

Se había enamorado de ella.

Al menos eso pensaba. Aunque no estaba completamente seguro. Pero si lo que sentía por Peachy no era amor...

Luc oyó que un coche se detenía delante del edificio de apartamentos. Se dirigió rápidamente a una de las ventanas que daban a Prytania Street y descorrió un poco la cortina. Situándose en un ángulo desde el que no pudiese ser visto, atisbó en la oscuridad.

Un hombre salió del lado del conductor. A pesar de la brillante iluminación, Luc no pudo distinguir su rostro. Pero había algo familiar en la forma de su cabeza. Bueno, no. No era la forma de su cabeza exactamente. Era más la solidez de su...

Sus pulmones se vaciaron en una profunda exhalación cuando el reconocimiento lo vapuleó. Sus puños se cerraron involuntariamente en la tela de la cortina. ¡Era el sobrino de las MayWinnies!

Un momento después se abrió la puerta del copiloto. Unas piernas largas y femeninas aparecieron a la vista.

Oh, Dios.

—Peachy —susurró Luc dolorosamente, cerrando los ojos.

Despiadadamente, su mente empezó a reproducir la conversación que habían tenido la noche de su primera salida. A su pregunta de si saldría con Trent Barnes, la cándida respuesta de Peachy había sido:

—Les diré que puede llamarme.

Obviamente las MayWinnies le habían transmitido el mensaje a su sobrino y él había actuado en consecuencia.

Luc abrió los ojos. Peachy y su acompañante estaban en la puerta del edificio, ocupados en lo que parecía una amistosa conversación. Luc observó que Peachy señalaba la puerta del edificio con la mano en la que llevaba el sombrero.

Ella le estaba pidiendo que la acompañase. Obviamente.

Luc observó que Barnes sonreía y decía algo.

Estaba aceptando la invitación. Inevitablemente. ¿Qué hombre no lo haría?

Y entonces Peachy dio un paso hacia delante, se puso de puntillas y... ¡besó a Trent Barnes!

Luc no vio si fue un simple beso en la mejilla o un intenso beso en la boca, pero le daba igual. Sabía lo que aquello implicaba. Y también sabía que no podía soportarlo.

¡Peachy era suya, maldita sea! ¡Era suya!

Y él era suyo.

Para bien o para mal. Si ella aún lo deseaba o no. Él era suyo. Y de una manera u otra, iba a asegurarse de que ella lo entendiese.

Luc se lanzó hacia la puerta de su apartamento.

El dolor que Peachy había estado combatiendo toda la noche la asaltó como un atracador en el momento que entró en el ascensor del edificio y dio al tercer piso.

—Oh, Dios —susurró, recostándose contra la pared del pequeño habitáculo.

Sin darse cuenta dejó caer el sombrero, y se llevó la mano al colgante, frotándolo con los dedos.

La puerta el ascensor se cerró con un chirrido.

Los dientes de metal mordieron ruidosamente los eslabones de la cadena de la polea.

El ascensor dio una sacudida e inició el ascenso.

Echando la cabeza hacia atrás y cerrando los ojos, Peachy pensó fatigadamente que había sido un error aceptar la invitación de Trent Barnes.

Había encontrado al sobrino de sus vecinas mordazmente divertido y extremadamente bien informado. Pero no era Luc. Y al final, eso era lo único que contaba para ella. Trenton Barnes simplemente no era Lucien Devereaux.

Y Lucien Devereaux era el hombre al que deseaba con todo su ser.

Incluso si sólo podía tenerlo una vez.

A pesar de estar provisto de un ego bien desarrollado, Trent se había dado cuenta de que estaba ocupando el lugar de otro.

—Entonces... supongo que uno de nosotros debería advertir a mis tías para que no empiecen a hacer planes de una fiesta de compromiso todavía, ¿hmm? —le había preguntado Trent en la puerta de la residencia de Prytania Street.

—Lo siento —dijo ella con sinceridad.

—No te preocupes —respondió él con una irónica sonrisa.

Peachy no supo que hacer en ese momento. Se sentía como si le debiera algo a ese hombre por su amabilidad.

Tras una breve vacilación, le había dado a Trent un beso platónico en la mejilla.

—Espero que consigas ese trabajo en Washington —le dijo ella al despedirse.

—Sí —respondió él—. Yo también.

El ascensor se detuvo con una sacudida. Todavía derrumbada sobre la pared, Peachy no se movió hasta que la puerta se abrió. Entonces, suspirando profundamente, abrió los ojos, y enfocó la mirada.

Luc.

Estaba justo delante del ascensor, y sólo llevaba puestos unos vaqueros desgastados que se pegaban a sus muslos y a su pelvis como una segunda piel. Parecía furioso.

Peachy dirigió una rápida mirada al panel de control. Indicaba que estaba en el cuarto piso.

No en el tercero. En el cuarto.

No en su piso. En el de él.

—No pretendía... —empezó ella.

—¿Dónde demonios has estado? —preguntó Luc con la voz, y la expresión, oscura y peligrosa.

A Peachy se le secó la boca.

—Fu... fuera —respondió ella, tratando de recuperar el aliento y la calma.

—¿Tienes idea de qué hora es?

—No...

—¿De cuánto tiempo llevo esperándote?

—... mucho.

Hubo un silencio volátil. Los segundos pasaron, prestos para una explosión.

Una palabra equivocada...

Un gesto irreflexivo...

La puerta del ascensor empezó a cerrarse. Luc la bloqueó con un salvaje manotazo. Los músculos de su pecho se tensaban y se relajaban bajo la mata de vello rizado.

—Te he visto con Barnes, Peachy —dijo él.

A Peachy le molestó su tono acusatorio, y levantó la barbilla.

—¿Ah, sí? —replicó ella, enfatizando cada sílaba.

—¡Te he visto besarlo!

—¿Y? —ella levantó aún más la barbilla—. ¿Qué pasa, Luc? No tienes nada mejor que hacer que espiar a la gente por la ventana?

Él dio un paso hacia delante, con los ojos chispeantes, apenas controlándose. Peachy se amedrentró internamente, pero rehusó retroceder. ¡No iba a dejar que la intimidase!

—¿A qué estás jugando, cielo? —demandó él a través de sus dientes apretados.

—¿Jugando?

—Pensabas acostarte con él, ¿verdad?

—¿Por qué no? —lo miró furiosa—. ¡No veo que haya tenido mucha suerte contigo!

Hubo un violento momento en el que ninguno de los dos se movió, hasta que Luc la tomó por los hombros y la estrechó entre sus brazos.

—La suerte cambia —dijo él con una voz que ella no le había oído nunca.

Entonces Luc inclinó la cabeza y la besó.

El primer contacto fue casi brutal de tan posesivo, y Peachy se resistió con todas sus fuerzas. Habría seguido haciéndolo de no ser porque el castigador gesto se transformó en un beso de exquisita dulzura.

—Peachy —murmuró Luc, su cálido aliento humedeciéndola como un bálsamo de bendición—. Oh... Peachy.

Le acarició los labios con los suyos lánguidamente, trazando su forma con la punta de la lengua, pasándosela finalmente por la temblorosa línea de entre sus labios, persuadiéndola para que se los abriese. Ella cedió con un suspiro, y un estremecimiento de placer la recorrió cuando él aumentó la intimidad del beso.

Peachy movió las caderas instintivamente, consciente de la creciente presión de la excitada masculinidad de Luc. Sentirlo era embriagador, y su cuerpo empezó a palpitar de necesidad.

Emitió un quejido cuando Luc finalmente dejó

de besarla. Aferrada a sus musculosos hombros, se obligó a abrir los ojos.

—¿Quieres esto, cielo? —preguntó él, con la respiración entrecortada, y las facciones tensas.

Ella asintió con la cabeza, agarrándolo con fuerza, tratando de comunicarle la urgencia de lo que estaba experimentando. Sentía todo su cuerpo encendido de deseo.

—Tienes que decirlo en voz alta, Peachy —insistió Luc, con la voz ronca—. Necesito estar seguro.

—Sí —susurró ella.

—Sí... ¿qué?

—Sí, Luc —repitió Peachy roncamente, subiendo la mano por su cuello hasta situarla en su rígida mandíbula—. Quiero que hagamos el amor.

—¿Sigues estando segura, cielo? —volvió a preguntarle Luc media hora después.

Estaban tendidos en la cama de Luc. Excepto por el colgante que seguía en su cuello, Peachy estaba completamente desnuda. Él también, excepto por un preservativo. Ambos tenían los cuerpos brillantes de sudor.

—Sí —le aseguró ella, subrayando su respuesta con una temblorosa y efectiva caricia, que hizo estremecerse a Luc—. Oh, sí.

Él la besó entonces, larga y profundamente. Sus lenguas se unieron. Sus respiraciones se fundieron. Luc saboreó la dulzura de la boca de Peachy hasta que la falta de oxígeno le obligó a levantar la cabeza. Mareado de emoción, miró el rostro de Peachy, tratando de controlarse.

Ella también lo miró, con las mejillas sonrosadas de pasión, los labios abiertos y húmedos. Sus miradas

114

se encontraron en un largo momento de silenciosa comunión.

Luc pronunció el nombre de Peachy en un apasionado suspiro, y utilizó la mano derecha para trazar el archo de sus cejas, la exhuberancia de sus pestañas y la elegancia de su nariz. Siguió el contorno de su boca con la yema de sus dedos, estremeciéndose de sensualidad cuando ella sacó la lengua y le lamió con felina delicadeza.

Volvieron a besarse, más ávidamente que antes. Luc sintió los brazos de Peachy rodeando su cuello, ascendiendo después hacia su alborotado cabello oscuro. Él inclinó la cabeza, devorando sus caricias como un hombre hambriento.

Cambiando de posición ligeramente, Luc continuó acariciándola hacia abajo. Se detuvo unos segundos en el pulso de la base del cuello de Peachy, donde el palpitar de su sangre le produjo una intensa excitación.

Los pechos de Peachy, pequeños pero bien formados pronto lo reclamaron. Le acarició las curvas satinadas con voluptuosidad, saboreando los débiles gemidos que provocaba mientras se iba acercando poco a poco a sus pezones. Peachy se estremeció cuando le pasó las uñas por ellos, y él sonrió con abrasadora satisfacción.

Fue en ese momento cuando Peachy intentó darle placer, igual que él se lo estaba dando a ella. Aunque Luc encontró sus inexpertas caricias extremamente excitantes, le tomó las manos y se las sostuvo firmemente a los costados.

—No —dijo él roncamente, en un tono entre implorante e imperativo.

—Pero...

—Esta noche es para ti, Peachy. Déjame hacer de

115

ella lo que debería ser. Esta única... —le acarició los labios con los suyos—... vez. Déjame a mí.

Ella se quedó mirándolo varios segundos, con los ojos ardientes.

—Sí —asintió finalmente, con extraña solemnidad—. Esta... única... vez.

Refrenando el deseo que retumbaba en todo su cuerpo, Luc retomó la lenta exploración del cuerpo de su amante. Quería excitarla hasta el éxtasis. Proporcionarle la más dulce de las sensaciones antes del inevitable instante en que la tomase... y probablemente le infligiese dolor.

Luc acarició el triángulo de vello cobrizo en el vertice de sus temblorosos muslos, palpando entre los mullidos rizos para comprobar si estaba lista para el rito de transición que él se había comprometido a llevar a cabo. Muy delicadamente, le introdujo el dedo en el delicioso calor de su feminidad.

—Luc...

—Shhh. Tranquila.

Luc buscó y encontró el sensitivo punto escondido entre los húmedos pétalos, y lo acarició ligeramente. Peachy ahogó un grito, arqueándose convulsivamente hacia el contacto.

—Sí —dijo él, acariciándola otra vez—. Disfruta, cielo.

Haciendo uso de toda su habilidad sensual, de todo su instinto libidonoso, Luc la condujo a la cumbre de la sensación. La mantuvo ahí, temblando, durante varios instantes, hasta que ella se deshizo en su mano, y un grito escapó de entre sus labios.

—Yo no... oh... —Peachy se retorció, agitando la cabeza y ondulando sus caderas a un ritmo tan antiguo como Eva—. Oh... Oh. Oh, L... Luc.

Se aferró a él salvajemente, confesando su necesidad en sílabas entrecortadas. Entonces, y sólo entonces, él le separó las piernas y se colocó sobre ella, situando su masculinidad en la entrada de su corazón secreto.

Luc vacíló, temiendo hacerla daño.

—Por favor —le suplicó ella con urgencia—. Por favor, Luc. Ahora.

—No —susurró él roncamente.

—Sí —replicó Peachy, apretando las manos en su espalda, y moviendo su pelvis contra él—. Oh... sí... sí...

Sus labios se encontraron en un beso que los abrasó.

—Sólo una vez —le prometió Luc, refiriéndose al dolor—. Nunca... más.

Agarró las caderas de Peachy, intentando controlar la oleada de pasión que lo invadía. Todo su cuerpo clamaba por liberarse, pero él rehusaba hacerlo. La gratificación de Peachy era infinitamente más importante que la suya.

Empezó a penetrarla. Cautelosamente al principio, entonces con creciente vigor al descubrir el ritmo sexual que era únicamente de ellos.

Más cerca...

Más cerca...

Luc sintió la contración del cuerpo de Peachy en torno suyo cuando ella alcanzó la plenitud. Él se movió una última vez, provocándole un grito de éxtasis que disolvió la última brizna de su autocontrol.

Se entregó a la mujer que tenía en sus brazos y al acto de amor que les había reunido. Recibió a cambio el más perfecto placer que había experimentado en su vida.

Era algo más que el clímax sexual.

Era una profunda y absoluta culminación.

Después, cuando el ritmo de su corazón y su respiración se hubieron normalizado, Luc tomó a Peachy en sus brazos y la acercó a su corazón. Ella se curvó en su abrazo con un lánguido suspiro, y él le oyó murmurar su nombre, y suspirar otra vez.

Exhausto de dicha física, sometido a una sensación de paz sin precedentes en su turbulenta vida, Luc ocultó su rostro en el fragante cabello de Peachy y sucumbió al placer del sueño.

Cuando Lucien Devereaux se despertó muchas horas después, estaba solo.

Capítulo Diez

—Vamos —rogó Peachy, fracasando nuevamente en su intento de abrir la puerta de su apartamento.

Le temblaban tanto las manos que no podía meter la llave en la cerradura. Gimió interiormente, asolada por una sensación de pérdida al pensar en el hombre que había dejado durmiendo en el piso de arriba.

Oh, Dios. Si Luc y ella pudieran encontrar la forma de...

Peachy recordó su promesa. Ni arrepentimientos, ni recriminaciones. Y nada de compromisos, ocurriese lo que ocurriese.

Se le nubló la vista, y se le congestionó la nariz de la presión de lágrimas contenidas.

Un acto de iniciación sexual, sin compromiso. Eso le había pedido a Lucien Devereaux y eso le había dado él.

—Sólo una vez —le había dicho él, con la voz ronca, y las facciones tensas—. Nunca... más.

En cuanto lo que había sucedido a continuación...

No había palabras para describir el éxtasis que había experimentado.

Peachy había esperado hasta estar segura de que Luc dormía profundamente antes de desprenderse de su abrazo. Él había hecho presión para retenerla, murmurando su nombre.

La reacción inconsciente de Luc a su separación casi había puesto fin a su resolución de irse, y de hacerlo rápidamente. El deseo de quedarse acurrucada entre sus brazos surgió con una fuerza tan abrasadora que todo su ser pareció incendiarse con él. Y por un momento casi había sucumbido a la tentación de quedarse.

Casi. Pero eso habría significado traicionar la confianza que había depositado en ella un hombre que tenía pocos motivos para creer en promesas femeninas. No estaba dispuesta a romper el compromiso adquirido tres semanas atrás.

Consiguió levantarse, apartando la vista resueltamente mientras se vestía. Sólo al final se permitió una última mirada a Luc. Y al imprimir el plácido rostro en su corazón y su alma, Peachy finalmente había admitido la verdad.

Lo amaba.

Pero jamás se lo diría. Jamás.

—Oh, Luc —suspiró Peachy, abandonando momentáneamente sus esfuerzos para abrir la puerta, y llevándose la mano al cuello.

¡Su colgante había desaparecido!

¿Cómo era posible? Recordaba claramente haber jugado con él durante la cena con Trent Barnes. Y luego con Luc...

—Buenas noches, Peachy querida —dijeron unas familiares voces femeninas a su espalda—. ¿Llegas a casa ahora?

Mientras bajaba por las escaleras que unían el tercer y el cuarto piso de su edificio, Luc se preguntaba cuál era la razón por la que Peachy se había fugado sigilosamente mientras él dormía. Se negaba a aceptar que la mujer a la que ya sabía que amaba con todo su corazón, en quien confiaba con toda su alma, y con la que había compartido la experiencia más trascendental de su vida, le hubiera abandonado sin una palabra, sin una buena razón.

Aún estaba asombrado por la pasión de la noche anterior, aunque lamentaba que se hubiese iniciado con ira.

—Oh, Peachy —murmuró al recordar el cálido placer.

Despertarse solo había sido una desagradable sorpresa. Pasarse la lengua por los labios había evocado la dulzura de sus besos.

Se había sentado en la cama, apartando las sábanas. Sus ojos se habían posado sobre una pequeña mancha roja, y había tardado un momento en darse cuenta de que era sangre. La sangre de Peachy.

Saltó de la cama y dio un respingo de dolor al clavarse en el pie algo pequeño y puntiagudo, que resultó ser el colgante de Peachy.

Lo llevaba en el bolsillo de sus pantalones vaqueros, y pensaba dárselo en el momento oportuno.

Se detuvo delante de su puerta. ¿Y si estaba equivocado respecto a la noche anterior?

¿Y si Peachy se había sentido defraudada y por eso había huido de él?

¿Y si...?

¡Basta! Luc apartó sus insidiosas dudas. Al contrario que muchas otras mujeres que conocía... al contrario que él mismo... Peachy no sabía fingir; sus sentimientos habían sido genuinos.

Luc aspiró profundamente, cuadró los hombros, y levantó la mano para llamar a la puerta. No llegó a hacerlo, porque Peachy abrió.

Se produjo un silencio.

—Luc... —dijo ella finalmente—. Hola.

—¿Puedo pasar?

Ella vaciló, y una extraña expresión se reflejó en sus ojos. Las dudas que Luc había experimentado hacía unos instantes volvieron con virulencia.

—Pasa, por favor.

Luc entró y aspiró una fragancia femenina, que indicaba que Peachy acababa de tomar un baño, y él se preguntó si lo habría hecho para limpiar la evidencia de lo que había sucedido.

—¿Vengo en un mal momento? —preguntó cuando Peachy cerró la puerta.

—Pues, la verdad... sí. Iba a salir.

—¿Salir? —la pregunta fue más incisiva de lo que él pretendía—. ¿Por qué?

—El viernes vuelo a Ohio, para la fiesta de aniversario de mis padres y todavía tengo que comprarles el regalo.

Otro silencio. Luc se metió las manos en los bolsillos y tocó el colgante de plata. El contacto con el talismán le aportó una extraña energía.

—Me he despertado solo esta mañana —declaró sin más preámbulos—. Necesito saber por qué, Peachy.

Ella retrocedió, como por instinto.

—¿Por qué... qué?

—Por qué me abandonaste.

—Yo no te abandoné, Luc.

El tono de Peachy sugirió que no entendía por qué se sentía molesto.

—¿Cómo describirías huir de mi cama mientras dormía?

Ella levantó la barbilla.

—Lo describiría como lo mejor para ambos.

—¿Lo mejor?

Ella se ruborizó.

—Me parecía preferible a una incómoda situación a la mañana después del acto.

—¿Y eso qué significa?

—Significa que no tenía sentido prolongar la situación —dijo Peachy con naturalidad—. Te pedí que me iniciaras y lo has hecho. Muy hábilmente. No sé mucho para juzgar estas cosas, pero he leído y oído lo suficiente para saber que hiciste de mi primera vez algo mucho mejor que una experiencia «menos espantosa». Pero cuando se acabó... —se encogió de hombros—, se acabó. Te dormiste, y no quería incordiarte más de lo que ya lo había hecho. Pensé que eso era lo que querías.

Algo en lo más profundo de Luc se heló al absorber los comentarios de Peachy. La mujer a la que había entregado su corazón no correspondía a sus sentimientos ni tenía idea de cuáles eran esos sentimientos. Lo que para él había sido el acontecimiento más trascendente de su vida, ella lo consideraba como una imposición temporal.

Sin embargo, el malentendido no era culpa de ella. Peachy había sido honesta de pies a cabeza, sincera sobre lo que ella quería y por qué.

Él, por el contrario, había mentido sobre casi todo, y había potenciado sus mentiras enamorándose de ella. Era imposible que ella aceptara que las últimas tres semanas lo habían transformado, pasando de ser un hombre que evitaba cualquier intimidad emocional como si fuera un enfermedad contagiosa, a un hombre que ansiaba la oportunidad de comprometerse para toda la vida con una mujer muy especial.

Era muy simple. Peachy no debía enterarse nunca de sus sentimientos.

—¿Luc?

Él se puso rígido.

—¿Sí?

—¿Hay algo más?

Luc advirtió una nota de impaciencia en su voz, como si quisiera librarse de él.

—Sí —respondió él, sacando la mano del bolsillo y entregándole el colgante—. Tenías tanta prisa en dejar de incordiarme, cielo, que te dejaste esto.

Luc no supo como interpretar la reacción de Peachy. Ella aspiró profundamente, ruborizándose, y después, para su consternación, dio un paso hacia él, se puso de puntillas, y le rozó la mejilla con los labios.

—Gracias, Luc —dijo ella suavemente.

—No tiene importancia.

De vuelta a su apartamento, Luc se preguntó como un tierno beso podía sentirse como una bofetada.

Tras su encuentro con Luc, Peachy estaba poco entusiasmada para salir de compras, pero salió de todas formas porque temía que, si se quedaba en casa, se echaría a llorar.

Pasó varias horas entrando y saliendo de galerías de arte y tiendas de antigüedades, y poco después de las cuatro abandonó su cometido con las manos vacías, el corazón dolorido y los pies hinchados.

Acababa de darse un baño de sales, y estaba aplicándose un bálsamo en los pies, cuando alguien llamó a su puerta.

¿Y si era Luc?

¿Y si no era?

¿Qué sería más difícil de soportar?

Llamaron nuevamente, al tiempo que una inconfundible voz masculina decía su nombre.

—Sé que estás ahí —dijo Terry al otro lado de la puerta—. Abre. Tengo algo tuyo.

—Un momento —respondió ella, levantándose.

El «algo» a lo que Terry se refería era la pamela de paja con la banda de flores, que le entregó cuando ella abrió la puerta.

—Lo encontré anoche en el ascensor —explicó Terry, entrando.

Iba vestido con una túnica de color púrpura, y unas sandalias doradas.

—¿El ascen...? —Peachy se ruborizó, y cerró la puerta—. Ah, sí claro.

Hubo una pausa.

—He hecho una visita a las MayWinnies —declaró Terry finalmente—. Por eso sabía que estabas en casa.

—¿Sí?

—Anoche casualmente estaba mirando por la ventana cuando llegaste y te vi.

—Entiendo.

—Ellas, bueno, dijeron que te vieron entrar en tu apartamento a altas horas de la madrugada.

—¿En serio? —Peachy levantó la barbilla, recordando el encuentro en el descansillo—. ¿Y no te dijeron que ellas también llegaron a altas horas de la madrugada?

Terry hizo una mueca.

—Ah...

—¿No dijeron nada de que iban borrachas como una cuba?

Otra mueca.

—Pues...

—Una de ellas, creo que la señorita May, llevaba una botella de champán en la mano, y me ofreció un trago. ¡Y la otra tenía un moretón en el cuello!

—Bueno, mencionaron algo de que habían estado recordando viejos tiempos con unos amigos.

—¿Sólo eso? —le presionó Peachy.

Terry puso los ojos en blanco y extendió las manos.

—¿Qué puedo decir, cariño? Estuvieron muy evasivas sobre su salida de anoche.

—Pero estuvieron muy dispuestas a hablar de la mía, ¿verdad?

—Están preocupadas por ti —dijo Terry, eludiendo la pregunta. Dejó pasar unos instantes, y añadió—: Oh, demonios —dijo con la voz ronca de emoción—. Yo también estoy preocupado por ti.

La declaración expresada abiertamente desde el corazón, sorprendió a Peachy. Se volvió con los ojos empañados de lágrimas, temiendo que iba a desmoronarse. Al momento, unas enormes manos se posaron sobre sus hombros y la hicieron girarse con delicadeza.

—¿Tan malo es?

Peachy se encogió de hombros, sin saber qué decir.

—¿Quieres hablar de ello?

Ella sacudió la cabeza.

—Te ayudaría.

Peachy levantó la mirada. La necesidad de confiarse a alguien era muy fuerte, pero se resistió a ella, y forzó una sonrisa.

—Te lo agradezco, Terry, pero...

Terry le soltó los hombros.

—No eres de esas chicas que lo cuenta todo.

—No —acertó a decir Peachy—. No soy así.

Luc había pasado los cinco días siguientes a su confrontación con Peachy trabajando en su nuevo libro. Nadie había llamado a su puerta, y las llamadas telefónicas habían quedado grabadas en el contestador.

No estaba muy seguro de cuando había empezado el último capítulo de *Caballo Negro*; el mártes probablemente. Tampoco sabía cuando había mecanografiado la última línea en la que su héroe ambivalente por fin cumplía su destino...

Se despertó repentinamente el jueves al mediodía. Alguien estaba llamando a su puerta.

Al levantarse se golpeó el dedo pulgar del pie, y casi perdió el equilibrio. Al ir a agarrarse a algo para no caer, dio un manotazo a un montón de hojas, que se desparramaron por el suelo.

Siguieron llamando.

—¡Ya voy! —gritó Luc, con la voz ronca.

Le ardía el estómago. No recordaba la última vez que había comido. Había un trozo seco de pizza sobre su mesa.

Toc. Toc. Toc.

—¡Ya voy, maldita sea!

Salió de su pequeño despacho, mirando su cama deshecha al pasar por delante de su dormitorio y se dirigió a la puerta.

Abrió de un tirón.

En el umbral estaba Francis Smythe, vestido tan pulcro como de costumbre. Su expresión preocupada pasó a otra de espanto en cuestión de segundos.

—Ya, ya —gruñó Luc, haciéndole pasar—. Tengo un aspecto horrible, y mi higiene personal deja mucho que desear. Suelo ser un poco desordenado cuando trabajo.

—Entiendo...

Hubo una pausa.

—¿Quería algo? —apuntó Luc finalmente.

—Yo no, precisamente —respondió Smythe, quitando una mota de polvo de su manga—. Me temo que se trata de las señoritas Barnes nuevamente.

—¿Le han enviado para que tenga otra charla de hombre a hombre conmigo?

—Entiendo que tienen razones para creer que la situación ha ido más allá de eso.

—¿Razones? —repitió Luc, forzándose a mirar al hombre a los ojos.

—Parece que las damas tuvieron un encuentro enervante en la madrugada del sábado. No conozco los detalles, pero entiendo que se trata de la cita que había tenido Peachy con su sobrino, ese periodista. Inicialmente les preocupó que él hubiera sido el responsable del... estado de Peachy.

El corazón de Luc empezó a palpitarle con fuerza.

—¿Y que estado era ése?

—Desconozco los detalles —dijo Smythe, retorciendo el anillo que llevaba en la mano derecha—, pero entiendo que estaba en cierto estado de... digamos, desnudez.

—¿Y qué hicieron las MayWinnies? —preguntó Luc rudamente, metiéndose las manos en los bolsillos de sus vaqueros—. ¿Sermonearla sobre la importancia del atuendo de una dama?

El anciano se sintió obviamente molesto.

—Tuve la clara impresión de que las señoritas Barnes no se sentían moralmente autorizadas para emitir juicios en el momento de ver a Peachy.

Luc tardó un poco en entender la cortés observación.

—¿Me está diciendo que las gemelas habían estado de juerga?

—Eso me temo, muchacho —asintió Smythe con un suspiro—. A pesar de ello vinieron a mí.

Luc se pasó la mano por el pelo.

—¿Y usted a venido a mí?

—Sí.

—¿Para acusarme de romper mi palabra?

—Bueno, yo no...

—Le prometí que no le haría daño a Peachy —dijo Luc, recordando su último encuentro con ella—. Y no creo haberlo hecho.

El señor Smythe frunció el ceño, pero no dijo nada.

Luc soportó el silencio todo lo que pudo, entonces preguntó con la voz ronca:

—¿La ha visto?

—Ayer charlé un rato con ella. Quería que le sugiriera algo para un regalo de aniversario.

—¿Está bien?

El hombre estudió a Luc con el ceño fruncido.

—¿Quieres la verdad?

—Claro.

—Pues entonces... diría que Peachy parecía estar mejor que tú.

Luc rehuyó instintivamente la preocupación que creyó oír en la voz de su inquilino.

—No pierda el tiempo preocupándose por mí, señor Smythe —le aconsejó ásperamente.

—Creo recordar que habíamos acordado que me llamarías Francis.

—Como quiera. El hecho es que yo soy impermeable.

—No —el anciano sacudió la cabeza—. No lo creo.

—Pues piénselo mejor, Francis —dijo Luc con una risa desprovista de humor—. Mejor aún, pregúnteselo a Laila.

—Ya lo he hecho, muchacho.

Esa afirmación estremeció a Luc hasta lo más íntimo, pero se resistió a hacerlo evidente.

—¿Y?

Smythe suspiró.

—Dice que las heridas que se causa uno mismo son generalmente las más dolorosas.

El viernes por la mañana, Peachy tenía los nervios a punto de estallar. Lo último que deseaba era darse de bruces con Luc cuando bajaba a esperar el taxi que la llevaría al aeropuerto.

Él obviamente volvía de una larga y dura carrera. Estaba en la entrada y sólo llevaba unos pantalones cortos y unas zapatillas de deporte. Su musculoso cuerpo brillaba de sudor.

—L... Luc —balbuceó ella, dejando caer su maleta, y sintiendo que se le aflojaban las piernas.

Él hizo una pausa en el acto de secarse el sudor con una descolorida camiseta.

—Peachy.

Ella se quedó mirándolo unos instantes. Había adelgazado.

—¿Estás bien?

Luc se pasó la mano por el pelo, molesto con la pregunta.

—Estoy bien.

—Pareces... cansado.

Peachy sabía que ella también parecía cansada, bajo el maquillaje.

—Perdí unas noches de sueño terminando mi novela.

—Ah. Bien —se esforzó por sonreír—. Enhorabuena.

—Gracias —Luc bajó la vista a su maleta—. ¿De viaje?

—Pues sí —respondió ella—. Me voy a casa.

—¿A casa?

—A Ohio —dijo ella—. Para el aniversario de mis padres. Te lo dije la otra mañana. ¿No te... acuerdas?

—Oh, sí —Luc torció sus sensuales labios—. Ibas a comprar un regalo.

—Eso es.

—¿Y encontraste algo?

—Aún estoy buscando.

—Mmm —se estiró, y la cinturilla de sus pantalones se deslizó, revelando la concavidad de su ombligo—. ¿Vas a volver?

Peachy hizo un esfuerzo para apartar la vista de su cuerpo.

—¿Vol... ver?

—De Ohio.

—¿Por qué no?

Luc se encogió de hombros, aparentemente indiferente.

—¿Sugieres que no debería?

—En absoluto.

—¿Entonces por qué lo preguntas?

—¿Por qué se hacen las cosas, Peachy?

Ella se quedó mirándolo, atónita ante su indignación.

—No tengo la menor idea, Luc. Ahora, si me disculpas.

Iba a abrir la puerta del edificio cuando él la llamó.

—¿Te gustaría saber por qué lo hice?

—¿Hacer... qué?

—¿Tú qué crees?

Ella se sonrojó, pero no apartó la mirada.

—¿Aceptar mi propuesta?

131

—Exacto.

—De acuerdo —Peachy se humedeció los labios—. Dímelo.

—Temía lo que pudiera ocurrir si no lo hacía.

—No... no te entiendo.

—Pensé que si te daba largas durante un tiempo...

—¿Me estás diciendo que nunca tuviste la intención de...?

—No —negó él enfáticamente—. Es decir, cuando accedí... o sea, no... oh, maldita sea. Bueno. Sí. Eso es lo que digo. Pero sólo fue al principio. Una vez que me di cuenta de lo que sentía.

Peachy retrocedió.

—¿Me mentiste?

Luc cubrió la distancia que los separaba, y la agarró por los hombros, como había hecho en el ascensor.

—Si me dieses la oportunidad...

—¿De qué? —demandó ella, apartándose con el corazón latiéndole con fuerza—. ¿De mentirme otra vez?

—¡No lo haría!

—¡Pues lo has hecho!

Se produjo un silencio desastroso, interrumpido por la bocina de un taxi.

—Peachy —dijo él en un tono que ella nunca le había oído—. Por favor.

—Me marcho —dijo ella, entumecida—. En cuanto a si volveré...

Luc se estremeció como si lo hubieran golpeado, pero su expresión en seguida se tornó imperturbable, y dijo:

—Tú decides.

Ella soltó una áspera carcajada.

—Por supuesto, *cielo* —dijo ella mordazmente—.

¿No decido yo todo lo que sucede entre nosotros?

Luc nunca supo cuánto tiempo estuvo de pie en el vestíbulo tras la partida de Peachy. Daba igual.

Cuando finalmente se volvió para subir, vio a Laila Martigny junto al ascensor, que tenía los ojos entornados y las facciones implacables.

—¿Cuánto...? —empezó él.

—Más que suficiente —respondió ella.

Capítulo Once

Lucien Devereaux examinó con la vista nublada el vaso casi vacío, intentando recordar si era el quinto o sexto whisky con hielo.

No pudo.

Lo que sí recordaba era su último encuentro con Pamela Gayle Keene. Aunque hacía más de quince horas que había sucedido, recordaba cada doloroso detalle, y mientras pudiera hacerlo, continuaría bebiendo.

—¿Es ésta una fiesta privada —preguntó una voz masculina con sarcasmo—, o puede apuntarse cualquiera a la orgía de melancolía y autocompasión?

Luc se quedó pasmado. Levantó la vista y, al otro lado de la mesa, vio al carismático hombre que consideraba su mejor amigo.

—¿Flynn? —dijo, sin poder dar crédito a sus ojos.

—Acertaste a la primera —dijo el antiguo oficial de las Fuerzas Especiales, Gabriel Flynn—. ¿Te importa que me siente?

—No —Luc sacudió la cabeza—. Por favor.

—Gracias.

Flynn se sento con fluidez de movimientos, e hizo una seña al camarero, que acudió con presteza. Tenía la sorprendente habilidad de conseguir que la gente hiciera lo que él quería, cuando quería y como quería. Le había servido bien durante su carrera militar, y le servía en su actual trabajo para una organización humanitaria.

—Me alegro de verte —dijo Luc, una vez que el camarero se hubo marchado.

Flynn se pasó una mano morena y curtida por el cabello castaño, aclarado a mechas por el sol. Su mirada gris verdosa era muy directa.

—¿Cuántos Flynn ves?

Luc hizo una mueca.

—Sólo uno, aunque tengo que reconocer que por un momento pensé que venías con un hermano gemelo.

—Dios me libre.

El camarero volvió raudo con la cerveza de Flynn.

Flynn andaba por los cuarenta, y se notaba. Aunque no tenía la flacidez característica de esos años, cualquier rasgo juvenil que hubiera poseído había desaparecido. Irradiaba autosuficiencia por todas partes.

—Lo último que supe de ti es que estabas en África —comentó Luc—. ¿Qué te trae por Nueva Orleans?

Flynn dio un trago a su cerveza.

—No te has molestado en escuchar el contestador, ¿verdad?

—¿Me has llamado?

—Tres veces.

—Perdona —se disculpó Luc con sinceridad—. He estado... ocupado... estos últimos días.

—Eso me han dicho.

A Luc no le costó adivinar la fuente de su información. Flynn había visitado su apartamento en pocas ocasiones, pero sus inquilinos le tenían en muy alta estima.

—¿Cómo has sabido dónde encontrarme?

—Fui a tu casa en un taxi desde el aeropuerto,

y allí me tropecé con Francis Smythe en el vestíbulo. Me dijo que habías salido hacía un par de horas y que aún no habías vuelto.

—¿Y eso fue todo lo que te dijo?

Flynn dio otro sorbo de su cerveza.

—No exactamente —respondió de manera insulsa—. Mientras él y yo hablábamos, bajaron las señoritas Barnes en el ascensor y me dijeron que te habías ido en el coche. Considerando lo que me había contado Smythe, me imaginé que andarías por esta zona. He visto tu deportivo, y he mirado en algunos bares hasta que te he encontrado.

—¿Orgía de melancolía y autocompasión...? —repitió Luc, con la mente embotada por el alcohol.

—¿Quieres hablar de ello?

—No especialmente.

—Me gustaría escuchar tu versión de lo ocurrido.

—No es muy divertida.

—Creo que podré soportarlo.

Luc deslizó un dedo por el borde del vaso, apartando la mirada de su amigo, mientras empezaba a contarle la historia de su relación con Peachy Keene.

—Estás enamorado de ella —resumió Flynn unos veinte minutos más tarde.

Luc asintió fatigadamente.

—Pero no se lo vas a decir.

—Lo he intentado.

—¿Te refieres al fracaso del vestíbulo?

—Sí.

Luc se estremeció internamente al recordar la escena.

—¿Por qué esperaste tanto? —le presionó Flynn—.

¿Por qué no se lo dijiste después de hacer el amor? ¿O antes? Si sabías lo que sentías...

—¡No lo sabía, maldita sea! —replicó Luc, irritado, e intentó moderar su tono—. Al menos, no estaba seguro. Y entonces, cuando lo supe con certeza... —hizo una pausa, y aspiró aire profundamente—. Me dolió, Flynn. Despertarme y ver que Peachy se había marchado, quiero decir. Aún así, me tranquilicé pensando que ella habría tenido un buen motivo. Pero cuando bajé a su apartamento e intenté hablar de lo ocurrido, ¡me ignoró completamente!

—Supongo que de paso maltrató bastante tu ego.

Luc volvió a encolerizarse. Abrió la boca para replicar a Flynn, pero se dio cuenta de que su orgullo masculino había jugado un papel importante en su retirada.

—Sí —admitió con la voz tirante—, supongo que sí. Pero fue más que eso, Flynn. Ella se comportaba como si lo que había sucedido entre nosotros no significara nada...

—Fue convincente, ¿verdad?

Luc tardó un momento en comprender lo que Flynn quería decir.

—No —negó inequívocamente, sacudiendo la cabeza—. De ninguna manera. Peachy no es así.

—Todos somos «así» cuando hay mucho en juego.

—¿Pero por qué...?

—Creo que se lo deberías preguntar a ella.

Luc resopló.

—Es fácil decirlo.

—Sin valor, no hay gloria —replicó Flynn con mordacidad—. Ni garantías, tampoco.

Hubo una larga pausa.

—No sé —admitió Luc finalmente, frotándose la nuca—. Tal vez me esté engañando a mí mismo. Esa mañana estaba pensando en un compromiso, en el matrimonio, en formar un hogar y una familia —se rió sin humor—. Tú conoces mi historia. ¿Me imaginas haciendo de marido, amante y buen padre?

—¿Haciendo? —repitió Flynn—. No, siendo. Sí, claro. Sin problemas.

Luc parpadeó varias veces.

—No te lo imaginabas, ¿verdad? —dijo Flynn.

—Imaginarme... ¿qué?

—Que si fueras de verdad el bastardo alienado que crees ser, hubieras dormido con tu virgencita sin pensarlo dos veces, y a otra cosa. Que te habrías gastado todo el dinero de tus libros en ti mismo en vez de utilizar gran parte en financiar los sueños de personas como tu amigo de la infancia que siempre quiso tener su propio restaurante; y estarías viviendo solo en un apartamento de soltero en Manhattan, en lugar de ser el casero de una excéntrica casa de apartamentos, poblada de gente que has convertido en la familia que nunca tuviste.

—Yo...

—Piénsalo —el tono era del oficial de mando al recluta—. Tienes una madre sustituta en Laila Martigny, un padre en Francis Smythe. Un par de tiernas tías en las señoritas Barnes. ¿Y qué si la dinámica es un poco extraña? Te importan las personas de Prytannia Street. Y puedes estar seguro de que tú les importas a ellos.

Luc miró a su amigo, asombrado de su efusión, e hizo lo que le ordenaban. Pensó en ello.

—¿Y qué hay de Terry Bellehurst?

Flynn sonrió irónicamente.

—Dos por uno. Un hermano mayor y una hermana mayor.

—¿Y... Peachy?

Su antiguo compañero de armas, se inclinó sobre la mesa, y lo miró fijamente.

—Creo que sabes la respuesta desde el momento que entró en tu vida.

—No quiero hablar de ello —repitió Peachy por enésima vez.

Era sábado por la noche, y la celebración del aniversario de sus padres había, por fin, concluido. Libre ya de tener que fingir que se lo estaba pasando estupendamente, Peachy buscó el refugio de su habitación de cuando era niña. Desgraciadamente su santuario fue invadido por su hermana mayor.

Eden se sentó en la cama.

—O yo, o mamá.

Peachy dejó de pasearse por la habitación.

—¿Mamá sabe que ocurre algo?

—Digamos que tiene una fuerte sospecha.

—Y yo que creía que había hecho un buen trabajo de animadora de la fiesta.

—Lo has hecho *demasiado* bien, cariño —replicó Eden, poniéndose las palmas de las manos sobre su redondeado vientre de embarazada.

—Oh —dijo Peachy, jugando con su colgante—. ¿Crees que todos en la fiesta...?

—¡Cielos, no! —aseguró inmediatamente su hermana—. Papá no se dio cuenta de nada.

Peachy tragó saliva.

—Vamos, Peachy —insistió Eden—. Sea lo que sea lo que te estás guardando, te hará bien soltarlo.

Peachy vaciló, y luego fue a sentarse en la cama.

—Es terrible —murmuró.

—Lo dudo.

—Hay... un hombre.

—Eso ocurre generalmente.

Peachy levantó la cabeza, y miró a su hermana.

—Se trata de Luc Devereaux.

Eden se quedó boquiabierta.

—¿Luc Devereaux? ¿Tu casero? ¿El famoso novelista? ¿Ese hombre alto y moreno que está para desmayarse, que conocimos Rick y yo cuando fuimos a Nueva Orleans? ¿Ese Luc Devereaux?

—Ese Luc Devereaux —afirmó Peachy—. Le... pedí que fuera mi primer amante.

—Dios mío —dijo Eden cuando su hermana pequeña hubo concluido—. Y pensar que todo este tiempo he estado creyendo que habías perdido tu virginidad con Jack Pearman el día de tu graduación.

—Jake —la corrigió Peachy, sonándose la nariz con un pañuelo de papel—. Se llamaba Jake Pearman. Y casi lo hice.

—Bueno, casi no cuenta en el sexo siempre que te cuides —Eden hizo una pausa, frunciendo el ceño—. ¿Luc y tú... esto...

—Sí —dijo Peachy, sonrojándose—. Utilizamos protección.

—Eso es un alivio.

—Algo a lo que agarrarse en medio de lo que podía ser un desastre absoluto, ¿no?

—Yo no diría eso —Eden sopesó sus palabras detenidamente, y finalmente preguntó—: ¿Qué vas a hacer ahora?

—No lo sé —respondió Peachy con franqueza, secándose los ojos—. Mudarme, supongo.

—¿Mudarte?

—¡No pensarás que voy a quedarme ahí!

—Pues no creo que huir vaya a ayudarte mucho en tu situación.

Peachy miró atónita a su hermana mayor.

—¿Huir?

—¿Cómo lo llamarías tú?

—¿No has entendido nada de lo que te he dicho?

—Todo. Salvo la parte de que amas a Luc Devereaux, pero no se lo vas a decir por una noción estúpida de que tienes que demostrarle que puede confiar en las mujeres.

—¡No es una noción estúpida!

—Estás mintiéndole, Peachy.

—¿Y qué? Él me mintió a mí primero.

—Sí, pero eso no lo supiste hasta después de mentirle tú a él.

—¿Y eso qué tiene que ver? —demandó Peachy furiosamente.

A Peachy se le volvieron a llenar los ojos de lágrimas. Dejó escapar un sollozo y se apretó los labios con dedos temblorosos, luchando por no derrumbarse.

—Oh, cariño —dijo Eden, compungida, abrazándola—. Lo siento... lo siento.

—Es todo tan confuso —sollozó Peachy—. Creí que podría controlarlo, Eden. De verdad que lo creía. Sin remordimientos. Sin recriminaciones. Sin compromisos, pase lo que pase. Pero después... después...

—Shh —la tranquilizó Eden, dándole unas palmaditas—. Lo sé.

—Quiero d... decirle a Luc lo que siento. Ayer por la m... mañana, creí m... morir cuando lo dejé. Y más tarde, cuando v... vino a mi apartamento... —Peachy se interrumpió, abrasada por el recuerdo—.

Pero no puedo decirle lo que hay en mi corazón. No puedo... romper el acuerdo al que llegamos.

Eden suspiró profundamente.

—¿Y si descubrieses que Luc ya no quiere ese acuerdo?

—Él al principio no quería, sabes.

—Sí, me lo has dicho, pero aún así, lo hizo, ¿verdad?

Peachy miró a su hermana a través de las pestañas perladas de lágrimas.

—S... sí —reconoció llorosamente—. Lo hizo.

Eden arqueó las cejas.

—¿Y por qué crees que lo hizo?

—No lo sé —Peachy se sonó varias veces la nariz—. Ayer en el vestíbulo, Luc me dijo que la única razón que tuvo para aceptar mi propuesta fue que temía lo que ocurriría si no lo hacía. Luego empezó a decir algo de intentar darme largas hasta... hasta... —se interrumpió, y se mordió el labio—. No le dejé terminar. Estaba furiosa.

—Tal vez lo de darte largas era su manera de darte tiempo para que estuvieras segura de lo que hacías —sugirió Eden lentamente, separándose un poco—. O para que cambiaras de opinión.

Peachy lo consideró unos instantes.

—Puede... —hipó—... ser.

—No conozco muchos tipos que se hubieran comportado como Luc —continuó su hermana—. Sinceramente, creo que la mayoría habría saltado sobre ti, en cuanto les hubieses hecho tu propuesta.

Peachy recordó la noche en que habían hecho el amor.

—Esta noche es para ti, Peachy —le había dicho Luc—. Déjame hacer de ella lo que debe ser. Sólo esta vez. Déjame.

142

Santo Cielo. ¿Habría malinterpretado lo que le había dicho? ¡No! Él no había mostrado ningún interés en continuar con un compromiso afectivo.

Peachy miró los ojos escrutadores de su hermana.

—Sé lo que intentas decirme, Eden. Y no puedo negarte que Luc hizo todo lo posible para que mi primera vez estuviese bien. ¡Pero eso no cambia nada! Hicimos un trato. Una vez. Sin ataduras. Y a menos que él diga que rompamos ese trato...

—Te vas a quedar callada, te vas a mudar y vas a acabar siendo una solterona —dijo Eden, disgustada ante la idea.

Peachy parpadeó para contener las lágrimas.

—Bueno, al menos no tengo que temer morir virgen.

—A ver si lo entiendo —dijo Luc, pasando la mirada lentamente por los rostros de las personas que habían llegado a serle más queridas que su propia familia—. ¿Todos vosotros llegasteis a la conclusión de que pensaba consumar mis perversas intenciones con Peachy, y considerasteis vuestro deber mantenerla alejada de mis garras?

—No todos —corrigió el señor Smythe incómodamente, echando una mirada de reojo a Laila Martigny.

Ella le respondió con una sonrisa.

—Nunca pensamos que tus intenciones fuesen perversas —protestó una de las MayWinnies.

—No hay nada de malo en la perversidad —intercedió la otra—. Recuerdo cuando la perversidad era algo verdaderamente...

—¡Winona-Jolene!

Sus azules miradas se encontraron.

—¡Oh, no seas tan mojigata, Mayrielle! —replicó la señorita Winnie—. Sabes perfectamente que hubo ocasiones en las que nos sentimos estupendamente bien haciendo perversidades. Y si no tuvieras la costumbre de beber champán como si fuese limonada, recordarías que...

—Yo jamás...

—Señoras, por favor —las interrumpió Terry, gesticulando con las manos.

Luc hizo un gesto de agradecimiento a la antigua estrella de fútbol. Recordaba vagamente que Flynn lo había depositado en su sofá casi de madrugada. También recordaba haber repetido varias veces que se casaría con Peachy y que Flynn sería el padrino.

Flynn ya se había marchado cuando Luc salió de su sopor. La única persona que había en su salón era Laila Martigny, que después de administrarle un repulsivo remedio para la resaca, le informó que había algunas personas que querían verlo.

—Creíamos que hacíamos lo mejor para ambos, Luc —explicó la señorita May tremulamente tras un silencio—. Ya sabes, impedir que...

—Nunca imaginamos que le estábamos cortando el paso al amor verdadero —añadió la señorita Winnie, llevándose un pañuelo perfumado a la nariz, y aspirando su fragancia.

—¿De modo que esa repentina avalancha de visitas inesperadas que tuvimos Peachy y yo eran parte de vuestro plan preventivo? —preguntó Luc, eludiendo la cuestión del «amor verdadero».

—No había ningún plan, muchacho —afirmó el señor Smythe—. Era algo... que iba surgiendo.

—¿Como el corte de luz?

El señor Smythe se mostró extremadamente azorado.

—Pues... bueno...

—¿Usted hizo eso? —exclamaron las MayWinnies en estéreo.

—Pues... bueno...

—¡Qué hábil! —exlamó la señorita Winnie.

—Sin duda sabe todo sobre cómo cortar los circuitos de los sistemas de seguridad, ¿verdad? —dijo la señorita May con admiración.

—¿Por qué iba a saber hacer eso un anticuario? —preguntó Terry, desconcertado.

—Ésa es sólo su tapadera, querido —explicó la señorita May.

—Exacto —afirmó la señorita Winnie—. En realidad es...

—Un ex—miembro de los servicios de inteligencia —anunció el señor Smythe abruptamente.

Hubo un silencio de asombro.

—¿Era un espía? —chillaron las MayWinnies, a punto de desmayarse.

—¿Creen que podemos dejar eso para más tarde? —interrumpió Laila Martigny, tomándole la mano a Smythe—. Creo que Luc aún tiene preguntas que hacer.

Luc los miró a todos, y le invadió una oleada de afecto.

—¿De quién fue la idea de avisar a la policía? —preguntó finalmente.

Terry alzó la mano, algo desafiante.

—Culpable.

—Nosotras lo hicimos —confesaron las MayWinnies al unísono.

—Nos dimos cuenta de que la cosa se ponía seria cuando la adorable Peachy nos pidió prestada la vajilla y la cubertería de plata para una cena muy especial —dijo la señorita Winnie.

—El problema era que teníamos un compromiso social sagrado esa noche en Baton Rouge.

—De modo que fuimos a ver a Terry para preguntarle si se le ocurría algo.

—¿Qué puedo decir? —dijo Terry—. Me gustan los programas de crímenes.

—Fui yo la que di el chivatazo —apuntó la señorita May.

—Lo hizo desde una cabina en Baton Rouge —añadió su hermana—. Para que no pudieran localizar la llamada.

—Fue una artimaña muy ingeniosa —dijo Luc irónicamente—. ¿Y el incendio del hotel?

—¿El incendio del hotel? —repitió el señor Smythe—. ¿Qué incendio?

—Oh, Dios mío —exclamó la señorita Winnie—. ¿Estabais allí?

—Nos enteramos del fuego, naturalmente —dijo la señorita May—. Lo vimos en la televisión.

—Estábamos destrozadas.

—Ese establecimiento era uno de nuestros favoritos. Era tan discreto, tan ideal para ir por la tarde a...

—¡Mayrielle! —chilló la señorita Winnie.

—... tomar el té.

—¿Peachy y tú fuiestes a... tomar el té... el día del incendio? —inquirió Terry.

A Luc no le gustó el tono de su pregunta.

—Fue idea mía. Peachy no era... no es... quiero decir... —se detuvo, mirando los rostros de todos como había hecho antes, y finalmente dijo furiosamente—: No quiero que nadie se haga una idea errónea sobre nada de lo que ella ha hecho.

—No te preocupes, muchacho —dijo Smythe en tono solemne—. Conocemos a la chica, ¿recuerdas?

Luc miró a Laila Martigny, y le preguntó:

—¿Y tú qué hacías mientras ocurría todo esto?

Laila sonrió.

—Esperar a que el muchacho al que ayudé a crecer se diese cuenta de la clase de hombre en la que se había convertido.

A Luc se le hizo un nudo en la garganta, sin saber qué decir.

—Queremos ayudar —dijo Terry al cabo de un momento.

—Peachy y tú deberíais estar juntos —dijo la señorita Winnie.

—Ahora lo sabemos —afirmó la señorita May.

Luc tragó saliva.

—¿Cómo?

—Hemos visto lo que sucede cuando no lo estáis —respondió el señor Smythe con devastadora simpleza.

Luc volvió a tragar saliva.

—¿Pero por qué? ¿Qué os importa a vosotros...

—Porque somos como tu familia, Luc.

No importaba quién de ellos hubiese pronunciado las palabras. El sentimiento fue reafirmado incondicionalmente por las expresiones que vio en Laila Martigny, Francis Smythe, las MayWinnies y Terry Bellehurst.

—No —les contradijo Luc, con la voz ronca y el corazón rebosante—. Sois mi familia.

Capítulo Doce

—Trae —dijo Terry Bellehurst alegremente, abriendo la puerta del edificio, el domingo por la tarde—. Déjame ayudarte con eso.

Peachy empezó a protestar, pero se dio cuenta de que era perder el tiempo, y le entregó la maleta, agradeciéndoselo con una sonrisa.

—¿Contenta de volver a casa?

—Pues... sí.

Peachy miró a su alrededor. Sabía que era inevitable que se encontrase con Luc, pero no quería testigos.

—¿Qué tal la fiesta de aniversario? —inquirió Terry, llamando al ascensor.

—Muy bien.

—¿Llevan mucho tiempo casados?

—Treinta y ocho años.

—Eso da esperanzas, ¿verdad? Saber que hay personas que se comprometen a las duras y a las maduras, y lo cumplen.

Peachy miró de reojo a su vecino, poniéndose tensa.

—Sí, supongo que sí.

El ascensor llegó con sus crujidos y chirridos habituales.

—Claro que no es fácil —comentó Terry, subiendo con ella—. Mantener una relación, quiero decir. Es como andar con tacones, ¿no crees?

—¿Tacones...?

—Una cuestión de equilibrio. Cuando pienso en los problemas que tuve...

—¡Un momento, por favor! —clamó una voz masculina de pronto.

Terry respondió inmediatamente, deteniendo el ascensor.

Oh, no. Peachy se acaloró, después se enfrío, y volvió a acalorarse. Por favor, Dios. No.

Un momento después, Luc subió al ascensor.

—Gracias —dijo.

Peachy quiso huir. Si hubiera estado sola... Pero con Terry presente...

El ascensor se cerró, e inició su lento y renqueante ascenso.

Peachy se llevó la mano instintivamente a su colgante, y mantuvo la mirada fija en el suelo, pero podía sentir el peso de la mirada de Luc.

Desconsolada, Peachy pensó que Luc ni siquiera la había saludado.

El ascensor se detuvo en el segundo piso.

—Yo me bajo aquí —anunció Terry alegremente—. Me alegro de que hayas vuelto, Peachy. Luc, haz trabajar un poco a tus pectorales, y ayúdala con su maleta.

La puerta se cerró y el ascensor continuó su ascenso.

Peachy sintió como si el interior del pequeño recinto se hubiera encogido. Miró disimuladamente a Luc, que parecía contemplarse las punteras de sus zapatillas de deporte. Un mechón de cabello oscuro le caía por la frente, y Peachy resistió el impulso de retirárselo con la mano.

Apartó la vista, y miró el panel de mandos del

ascensor. Casi habían llegado al tercer piso. Unos segundos más y...

—¡No! —exclamó Peachy.

A pesar de haberse encendido la luz del tercero, el ascensor continuaba subiendo. Empezó a apretar botones. Todos los botones, incluso el rojo de emergencia.

—¡Para! ¡Por favor, para!

El ascensor se detuvo entre el tercero y el cuarto piso, pero ella continuó tocando los botones.

Entonces, sin previo aviso, la mano de Luc se cerró sobre la suya, deteniendo sus frenéticos movimientos.

—Peachy... —dijo él con la voz suave y afectuosa, tan cerca de su oído que ella pudo sentir su cálido aliento.

—¡No me toques! —gritó ella, mientras sus sentidos reaccionaban ante su proximidad.

Luc abrió la mano, y la soltó.

—Lo siento —dijo él, retrocediendo.

—¿Por... qué?

—Por lo que tú quieras.

—Yo no quiero nada —mintió Peachy dolorosamente—. Salvo salir de este ascensor.

—Antes tengo que decirte algo.

—¡Ya has dicho bastante!

—Pero lo hice muy mal.

A Peachy se le detuvo el corazón.

—¿Muy... mal?

—¿Me dejas decir lo que debo decir? No intentaré tocarte, cielo. Y si quieres mandarme al infierno cuando termine... Bueno, ya sé donde está —Luc se detuvo, mirándola fijamente a los ojos—. Por favor.

Esa vez, Pamela Gayle Keene, no lo rechazó.

—Te escucho —dijo ella quedamente.

150

Luc aspiró profundamente. Una vena le palpitaba en la sien.

—Has sido muy especial para mí desde el primer momento —empezó finalmente—. El día que entraste en mi vida, sentí... ese... click de conexión contigo. Y me asustó, porque no sabía lo que era. Nunca había sentido algo así. ¡Ni siquiera sabía que podía sentirlo! Así que... fingí que no lo sentía —hizo una mueca—. No lo podía eliminar del todo, pero podía negar su existencia.

Peachy clavó su mirada en él, verdaderamente atónita.

—No... no sabía...

—Se suponía que no debías saberlo. Nadie debía. Yo tenía todo bajo control... al menos eso creía... hasta esa noche en que viniste a mí con tu... proposición. Tenía muchas razones para negarme, pero la principal era que no iba a poder dejarte después de estar contigo como amante.

Sus palabras desencadenaron una salvaje agitación en el vientre de Peachy.

—¿Y... por qué dijiste lo de darme largas?

Luc se pasó la mano por el cabello.

—Pensé que si te daba tiempo de serenarte... de pensártelo bien... llegarías a la conclusión de que en realidad no querías despojarte de tu virginidad, como si se tratase de un trapo viejo. Peachy lo miró desafiante.

—¿Y qué hubieras hecho tú entonces?

—Hubiera dejado las cosas como estaban antes. Pero habría rezado para que, cuando decidieras entregarte, lo hicieras por amor y con un hombre que te mereciera —los sensuales labios de Luc dibujaron una devastadora sonrisa—. También habría rezado para no presenciarlo.

—Oh, Luc...

—Te amo, Peachy —dijo él con la voz cargada de emoción—. Ya sé que no fue parte de nuestro acuerdo. Acepté tu proposición con falsas pretensiones...

—¡Olvida mi estúpida proposición! —exclamó Peachy apasionadamente, arrojándose en sus brazos—. ¿No lo comprendes? Yo también te amo.

Y entonces se besaron. Salvajemente. Licenciosamente. Deliciosamente.

—Peachy... —gimió Luc, dándole placer con dientes y lengua, despertando su cuerpo con eróticas caricias—. Oh, no sabes...

—S... sí —susurró ella, acariciándole el lóbulo de la oreja con la lengua—. Oh, sí, Luc. Lo sé.

Finalmente, se separaron. Peachy respiraba entrecortadamente. Le daba vueltas la cabeza, y sus mejillas estaban húmedas de lágrimas de gozo.

—A la mañana siguiente —dijo Luc roncamente, tomándole el rostro entre las manos, y acariciándola con los pulgares—. Cuando desperté y no estabas allí...

—Si no me hubiera marchado entonces, no lo podría haber hecho jamás.

—¿Y eso habría sido tan terrible?

—Hubiera faltado a mi palabra, Luc.

—¿Tu palabra?

—Una vez. Sin ataduras. Te lo prometí.

—Oh, cielo... —susurró él.

—Te amo —susurró ella—. Te amo con todo mi corazón.

Se besaron nuevamente, con más frenesí que antes. La fiebre de la reconciliación dio lugar a un dulce y ardiente calor. Finalmente Luc levantó sus labios y murmuró:

—Ahora que hemos terminado con tu proposición, creo que es hora de empecemos con la mía.

—¿Tu... proposición?

—Es un acuerdo permanente con muchas ataduras.

A Peachy le latía con tal fuerza el corazón que temía que se le fuese a salir del pecho.

—¿Q... qué?

—¿Quieres casarte conmigo, Peachy?

—¡Sí!

Un instante después, el ascensor chirrió y empezó a descender.

Más tarde Peachy no se sorprendió de que al llegar abajo todos los inquilinos del edifio estuviesen casualmente en el vestíbulo. Se asombró, sin embargo, de la reacción que provocó cuando bromeó sobre fugarse con su futuro marido.

Primero, un embarazoso silencio. Luego miradas de profunda consternación. Finalmente, Terry había dado un paso al frente.

—Peachy, cariño —dijo, con los brazos en jarras—. Si piensas que después del trabajo que nos ha costado atraparos en este ascensor para que resolvierais vuestras diferencias, vais a casaros en una ceremonia clandestina, con flores de plástico en algún cuartucho, estás muy equivocada.

Pamela Gayle Keene y Lucien Devereaux contrajeron santo matrimonio el primer sábado de agosto en una capilla engalanada de flores. La ceremonia nupcial fue coordinada por el ex-campeón de fútbol Terrence Bellehurst, que aportó excelentes consejos sobre el ajuar. Peachy fue entregada en matrimonio por su padre, y asistida por su hermana mayor, Eden, y las señoritas Mayrielle y Winona—Jolene Barnes. Entre sus invitados estaban Annie Martin y Zoe Armitage.

A pesar de que el novio no invitó a ningún familiar, los presentes advirtieron una importante relación afectiva con la doctora Laila Martigny, y el señor Francis Smythe. También fue notorio que la doctora llevaba un exquisito anillo de compromiso con un diamante. El único fallo de la ceremonia se debió a una ligera demora ocasionada por el retraso del padrino, Gabriel Flynn.

La recepción se llevó a cabo en el restaurante donde la feliz pareja había tenido su primera cita, con Remy Sinclair y su esposa. Fue una gloriosa celebración, y mucho antes de concluir los novios ya habían partido rumbo a la suite nupcial de uno de los mejores hoteles de Nueva Orleans, para hacer su propia celebración.

Peachy estaba de pie entre los brazos de su marido, levantando la mirada hacia su apuesto rostro.

—Estás nervioso —dijo ella, maravillada—. Estás... nervioso.

—No he hecho esto nunca —replicó él roncamente.

—¿A qué te refieres?

—A hacer el amor con mi esposa.

—Tal vez si te hubieses concedido la oportunidad de hacer el amor con tu prometida una o dos veces... —dijo Peachy, fingiendo un puchero.

—Ya te lo dije —dijo Luc, con una sonrisa que aceleró el pulso de Peachy—. Quería que nuestra noche de bodas fuese... —rozó sus labios contra los de ella—... perfecta.

—¿Cómo iba a ser de otra manera?

—Cierto —murmuró él, apretándola contra la dura prueba de su deseo masculino.

Se besaron y se acariciaron durante unos minutos. Pero cuando Luc fue a desabrocharle los botones de su traje de novia, ella se lo impidió.

—No —dijo, apartándose.

Luc se detuvo al instante. La miró con el ceño fruncido.

—¿No?

—Quiero que me dejes hacerlo —declaró ella, levantando la barbilla—. Esta vez. Esta... primera vez. Por favor, déjame a mí.

Una llamarada de excitación en los oscuros ojos de Luc, le dijo a Peachy que él había reconocido sus propias palabras.

—Soy todo tuyo, cielo —dijo él después de unos segundos, dejando caer sus manos.

Sonriendo, con el cuerpo invadido de un seductor sentimiento de poder femenino, Peachy le tomó la palabra a su marido.

Le deshizo el nudo de la corbata y, lentamente, se la deslizó por el cuello, y la arrojó a un lado. Después le desabrochó el botón del cuello de la camisa.

—¿Mejor así?

—Oh... mucho mejor —admitió él.

Despojó a Luc de la chaqueta de su esmoquin negro, y después le desabrochó el chaleco que llevaba debajo. Sus movimientos eran lentos, saboreando cada segundo.

Le temblaron los dedos un poco cuando empezó a desabotonoarle la camisa, pero lo consiguió. Cuando sus dedos rozaron su pecho desnudo, Luc se puso rígido, invocando su nombre en un profundo suspiro.

—Ah-ah-ah —le reprendió Peachy, bajándole las manos a los costados—. Eres todo mío, ¿recuerdas?

—¿Quiere eso decir que puedes hacer conmigo lo que quieras? —preguntó él con una mezcla de excitación y orgullo masculino herido.

—Exactamente —dijo ella con dulzura.

Cuando terminó de desabrocharle la camisa, se la deslizó por los hombros, y la arrojó junto a la corbata, el chaleco y la chaqueta.

—Mmm... —exclamó ella, acariciándole la piel desnuda con dedos juguetones.

Luc intentó tocarla otra vez, pero ella se lo impidió, llevándose sus manos a los labios y besándole las palmas, pasándole la lengua por los dedos. Él gimió profundamente cuando ella se metió su pulgar en la boca y lo succionó.

Peachy exploró a su nuevo marido eróticamente durante unos minutos. Después lo condujo a la cama y lo sentó allí. Podía sentir sus pezones presionando de excitación el encaje de su lencería nupcial.

—¿Y ahora qué? —preguntó Luc.

—Ahora... —Peachy se giró, y le dijo por encima del hombro—... observa. Esos botones —dijo ella, levantando su mano y bajándose una cremallera oculta—, son de adorno.

Segundos después, el vestido de Peachy cayó al suelo.

La reacción de su audiencia, aunque inarticulada, fue inconfundiblemente elogiosa.

Peachy volvió a mirar por encima del hombro, y se soltó el cabello. Se volvió sacudiendo la cabeza, disfrutando la sensación de sus rizos cobrizos sobre sus hombros. También disfrutó de la expresión de

Luc cuando vio la parte delantera de su atractiva ropa interior. Peachy se puso de rodillas y le quitó a Luc calcetines y zapatos. Finalmente se levantó, y le indicó a él que hiciese lo mismo. Una vez que lo hizo, le deslizó los pantalones por sus largas y musculosas piernas. Después empezó a acariciarlo, por todas partes, excepto en la zona cubierta por sus calzoncillos blancos. La evidencia de su excitación era ostensible bajo la estirada tela.

—¿Crees que podrías acostumbrarte a esto? —susurró ella, trazando su espina dorsal con el dedo, desde la nuca hasta sus musculosos glúteos.

—Creo... —Luc se estremeció—... que podría hacerme adicto a ello.

Repentinamente estaban juntos en la cama. Él, desnudo. Ella, tan sólo con el ligero y las medias de seda.

—Luc —gimió ella cuando él la acarició con generosa intimidad—. Oh, Luc...

—Peachy —respondió él, besándola con ardor—. No... no puedo esperar más.

Con dedos temblorosos, Luc abrió la puerta de sus secretos femeninos.

—Yo... —Peachy se arqueó hacia arriba—... tampoco.

No hubo necesidad de que Luc la tomase. Peachy se entregó, incondicionalmente, dejándose transportar hacia el éxtasis por una flagrante generosidad.

Luc exhaló su nombre cuando la penetró por última vez.

Su desahogó fue simultáneo y profundamente sensacional.

Más tarde.
Mucho más tarde.

—Te amo, Luc.

—Y yo te amo a ti, Peachy.

—¿Tienes sueño?

—En absoluto. ¿Por qué?

—Bueno, me preguntaba si estarías dispuesto a considerar una pequeña proposición...

Cuando Olivia conoció a Max Agathios, se quedó cautivada. Pero Max y su padre eran enemigos, por lo que a ella se le prohibió volver a verlo. Cinco años más tarde, Olivia accedió a casarse con Christos, el sobrino de Max. Entonces apareció Max para reclamarla, y Olivia se dio cuenta de que ella sólo era el trofeo en una batalla entre enemigos mortales...

Enemigos mortales

Charlotte Lamb

PIDELO EN TU QUIOSCO

Deseo

Novelas con corazón

DESPUÉS DE
TANTOS AÑOS

Annette Broadrick

Lo único que le impedía a Travis conseguir lo que quería era el orgullo de Megan. Él la amaba desde que iban al colegio, pero ella siempre lo había rechazado. Ni siquiera estaba dispuesta a aceptar su ayuda para salvar la propiedad familiar. Pero aquel vaquero nunca había rehuido ningún reto: estaba decidido a llevar a Megan al altar, y a no dejarla escapar.

PIDELO EN TU QUIOSCO